CB041849

VICTOR DEGASPERI
O AMOR
NAS
4
ESTAÇÕES
FARO
EDITORIAL

COPYRIGHT © FARO EDITORIAL, 2018

Todos os direitos reservados.
Nenhuma parte deste livro pode ser reproduzida sob quaisquer meios existentes sem autorização por escrito do editor.

Diretor editorial **PEDRO ALMEIDA**
Preparação **TUCA FARIA**
Revisão **GABRIELA DE AVILA**
Capa, projeto e diagramação **OSMANE GARCIA FILHO**
Imagens de capa **MOLESKO STUDIO | SHUTTERSTOCK**
Imagens de internas **RUDCHENKO LILIIA, SUPER CAT, ARTISTBELLA, JOLLIOLLY, VERISSTUDIO ARCHV, SUPER CAT, POR KATFLARE, ALINKA FEDORCHUK, URSULAMEA, ALCHENA, KOISOOKOIS, BENJAVISA RUANGVAREE, JULA_LILY, PLANOLLA, KNYSH KSENYA, IRINA USMANOVA, KOVALEVA GALINA, AREFYEVA VICTORIA, ANASTASIIA KRYZHANSKA, ANASTASIIA KRYZHANSKA, KATY'S DREAMS, MOKOSHKA-F | SHUTTERSTOCK**

Dados Internacionais de Catalogação na Publicação (CIP)
Angélica Ilacqua CRB-8/7057

Degasperi, Victor
O amor nas 4 estações / Victor Degasperi. — São Paulo : Faro Editorial, 2018.
176 p. : il., color.

ISBN 978-85-9581-046-4
Outra forma do título: O amor nas quatro estações

1. Literatura brasileira 2. Amor 3. Poesia de amor I. Título

18-1635 CDD B869

Índice para catálogo sistemático:
1. Literatura brasileira B869

1ª reimpressão brasileira: 2019
Direitos de edição em língua portuguesa, para o Brasil, adquiridos por FARO EDITORIAL

Avenida Andrômeda, 885. Sala 310.
Alphaville – Barueri – SP – Brasil
CEP: 06473-073 – Tel.: +55 11 4208-0868
www.faroeditorial.com.br

Sumário

INVERNO

PRIMAVERA

VERÃO

UM NOVO OUTONO

A vida acontece nos detalhes

Não se prepare. Você está aqui para sentir. Sentir ao seu jeito, aos seus detalhes e ritmos internos. Seja você a partir daqui e não se prepare para nada. Sentir é um abraço que começa por dentro, ao encontrar o que você tanto precisava. Ao longo destas páginas, você vai alcançar o que precisar. As estações têm muita vida para ensinar.

Esse processo tem uma riqueza única e possível a todos: sentir e aprender com os detalhes. Eu me propus a viver um ano sentindo tudo que me fosse possível e transformar cada fragmento de emoção em palavras. Um ano de histórias, descobertas, corações, mares e universos. A imensidão esteve presente em todo e qualquer tempo, porque sempre se tratou de sentir o infinito.

Perceber os detalhes é a maior proposta. Folhas de árvores, sorrisos de milésimos. Formigas pelo chão, chuva em alguma madrugada do verão. Silêncios que dizem e mãos que se declaram. Lábios e corações buscando abraçados e almas e estrelas felizes pela noite. Cada detalhe ao longo do caminho foi sentido e escrito. Descobri, então, uma vida muito maior e valiosa nos detalhes.

Vivi, nas minhas quatro estações, histórias com todo o meu coração. Cada uma foi escrita ao longo de um ou muitos textos, em uma ou várias estações. Talvez tons do passado também tenham me chegado e sonhos do futuro me feito brilhar os olhos. Mas, tudo o que me chegou ao coração, escrevi. Você vai sentir.

Agora é a sua vez. Viva e sinta essas estações, as texturas, as temperaturas, as cores e, principalmente, **as suas histórias**. Deixe os detalhes alcançarem você e, quando chegarem, seja imensidão assim como eles.

Victor

OUTONO

05 DE MAIO
14H04

Chego
no meio desse outono
com essa ideia. Que estação gostosa
de se sentir... Esse frio que me permite uma
blusa leve, variando o meu corpo entre o calor dele
mesmo e o delicado ar gelado que faz sentirmos ainda
mais o coração. Não sei qual é o segredo dessa estação e,
particularmente, não estou aqui para descobrir isso.
Estou aqui para vivê-la. Vivê-la tal qual me recebeu e
me envolve, e dessa mesma forma a recebo e a
envolvo com minhas palavras.
Essa estação chegou exatamente no dia
20 de março, às 07h29. E desde então ela
me pediu para escrever
este livro.

Sem você eu teria que te encontrar

PRIMEIRO TEXTO DO OUTONO

Não preciso navegar entre tantas palavras pra sentir o significado da sua vida na minha. Há um silêncio na minha alma que diz tudo. É a tal paz que dizem sentir quando encontram aquilo que o peito não se cansa de respirar. E, imediatamente, meus atos, palavras escritas e faladas, se tornam tentativas apaixonantes de definir o que lá no coração já se sabe que é inexplicável. E como é inexplicável... Aqui, uso toda a minha razão para dar voz ao que há no peito. Me ouça! Bem alto, me ouça como nunca. Mesmo em silêncio, ouça a verdade plena que me abraça por todos os dias e noites desde a sua chegada na minha vida. O meu silêncio diz mais do que declarações gritadas entre estações. Meu bem, sou tudo que sou para ti e não quero ser mais do que aquilo que seja sobre o sentir. Não leve a mal eu dedicar tanto a um outro alguém, carrego também o amor por mim. Aliás, por me amar, te amo, e isso define tudo.

Meus intervalos, pausas, respiros fundos e conectados ao coração são todos lugares em que te encontro. Você dá certo ritmo a tudo que faço da vida, e aí está uma das minhas maiores sortes. Quando estou ocupado, quase sem respirar, te busco no mais sincero do que carrego, e logo te respiro fundo. Podem chamar de dependência talvez, eu não me importaria, mas não creio que seja. Vivi e viveria sem você, mas quão colorido seriam os meus dias assim? A questão está em querer sorrir feliz, não só por educação. E, pra isso, meu bem, a sua chegada, estada e permanência são fundamentais para os raios dos meus lábios felizes.

Se eu não tivesse te encontrado, te encontraria, e essa é uma das poucas certezas que carrego no coração. E por serem tão raras de se ter, logo sei quando uma existe. Você por aqui me faz sentir algo que parece existir desde muito antes, e ao mesmo tempo vai muito além de seus traços, de seus jeitos e talentos todos... Mora em mim uma conexão direta com sua alma, como se eu sempre tivesse existido assim, e assim continuaria sem nenhuma possibilidade de ser de outra forma. E é exatamente essa conexão que me traz a exata sensação de ter a minha vida ligada à sua mesmo antes de te encontrar.

E como o seu abraço é conforto esperado...

Como sua vida é luz que acalma e sossega o peito...

Se não tivesse te encontrado, te encontraria. E como tenho certeza disso, meu bem.

Não vá embora sem me beijar

Não vá embora mais uma vez me deixando faltar este beijo. De todas as vezes que te vi indo, em todas te imaginei atrasando cinco segundos em sua partida. Que perigoso seria se por acaso apenas alguns centímetros nos separassem frente a frente... Não sobraria nada, e disso nós já sabemos há tempos.

A cada despedida que o seu rosto cola no meu e nossas mãos se apoiam uma na outra, mergulho em meu coração a pensar e sentir como seria gostoso se hoje pudesse ser diferente. Quando vamos nos despedir, por um milésimo os nossos olhos se congelam um no outro, e ali carregam a esperança de que dessa vez as nossas bocas farão o mesmo caminho. É como se pedissem um ao outro para que dessa vez seja assim. E mesmo que elas ainda não façam, quando a pele macia do seu rosto encontra a pele áspera da barba malfeita do meu, ali, praticamente dançamos juntos sem querermos nos afastar. As mãos que se apoiam pedem pra ficar e quase insistem em fazer força pra que tragam as nossas bocas para o lugar em que querem morar. Ficamos ali entre o que somos e o que poderíamos ser, separados por uma distância que parece não fazer sentido entre o tanto que sentimos. E ainda assim a minha boca faz questão de tocar a pele do seu rosto com atenção, suas mãos permanecem fixadas sobre os meus braços com zelo, e assim me lembro de como somos presentes quando se trata de um para o outro. Dom nosso, pode ser. Combinação certa, deve ser... Aliás, acho que somos tudo juntos. Eu só sei que existimos muito mais quando nos encontramos, e olha que ainda nem nos beijamos.

Pense bem em como será a hora de dormir na noite do nosso primeiro beijo. Provavelmente dormiremos mais tarde, mas não acordaremos mais cansados. Provavelmente sorriremos ao amanhecer e esse novo dia será de andar bobo por aí. Até porque novo não será apenas esse dia, mas também o nosso estado de paz. Teremos permitido que nossas almas finalmente se tocassem e, sinceramente, não sei o que pode haver de mais lindo. Ao longo desse dia te beijarei ao menos mais umas seiscentas vezes no meu coração e multiplicarei os meus planos ao seu lado todas as vezes que puder. Sentirei ainda a textura do seu rosto sobre o meu como em todas as outras vezes, mas agora terei a textura dos seus lábios para não mais esquecer.

Por amor, não vá embora sem me beijar hoje. Nem vivemos esse beijo e já sinto tanta falta... Não se preocupe com o depois. Sentiremos o mesmo que sentimos quando estamos juntos nos dividindo. As minhas risadas são suas e os seus sorrisos são meus. Agora só falta nos misturarmos como nossos corações já fizeram, e então todos os beijos serão nossos.

Sua risada gostosa

O que eu faço com essa sua risada gostosa?

Mando direto pro coração e me encho com a sua vida. O coração recebe, vibra, bate contente e logo toda minha alma segue o mesmo ritmo feliz. Esse é o movimento sem fim da sua felicidade em mim, ainda mais na forma da sua risada, alcançando as partes mais profundas e delicadas que carrego. Quando você ri é como se uma janela se abrisse e permitisse que toda a luz e calor do sol me alcançassem. Em dias felizes, me sinto ainda mais feliz, e em dias não tão bons, encontro na sua risada a chance de respirar e fazer renascer em mim essa luz que faltava. A sua risada é beijo, é abraço, é carinho no final do dia e conselho no início da manhã. Sua risada diz sobre as suas virtudes, seus talentos da vida e dons iluminados que você carrega na alma. E como descanso a cada sorriso despreocupado seu... Não importa exatamente o que eu esteja vivendo ou sentindo, quando ouço esse som da sua felicidade, do seu otimismo em viver sempre bem e em paz, bate em mim essa mesma paz que diz o quanto tudo pode ser bom e leve nessa vida. Sinto através de você que absolutamente tudo tem uma saída e que chorar e se enraivecer de vez em quando está tudo bem, pode até ser bom pra botar algumas coisas pra fora, mas é sempre para daqui a pouco voltar a sorrir tudo de novo.

Não sei como poderia descrever o que sinto quando essa risada é toda pra mim. Pode vir de uma boba piada sem graça, algum comentário meu confuso ou às vezes nem é preciso acontecer nada. Também rimos de boas piadas, mas eu gosto quando ela acontece assim, em momentos que nem todos os pares ririam juntos. Ali provamos que alguma coisa bonita existe entre nós e me parece tão rara que me dá vontade de cuidar pra ter a vida inteira. E então entendo o quanto tenho sorte em dividir contigo esses momentos todos. Rir se torna nada mais que uma extensão à felicidade nossa já sentida, a nossa admiração já vivida e a nosso amor já tão amado. Que sorte a minha rir contigo…

E de riso em riso provamos que as nossas risadas são os sorrisos das nossas vidas juntas.

Fico

— Não sei o que é tudo isso que existe entre nós.

— Tenho medo de saber, de falar, de perceber… Onde iríamos parar?

— No coração um do outro.

— Sinto que lá nós já estamos.

— Há tempos…

— Mas talvez não assim.

— A sua boca mente.

— Talvez.

— Os seus olhos não.

— Talvez…

— Eu tenho que ir.

— Por quê?

— Porque quanto mais fico, mais não quero ir.

— Então não vai!

— Os seus olhos mentem?

— Não.

— E a sua boca?

— Não quando te pede pra ficar.

— Assim como o meu coração pede pra não ir.

— Se eu respirar mais fundo e te entregar tudo que existe por aqui, então você fica?

Somos mais do que pensamos

Devemos tanto a nós mesmos... Sei que nesse dia a dia corrido de algumas pausas para rir nós não percebemos tanto, mas basta sentirmos o que há por dentro que tudo é imediatamente dito. Meu bem, nos darmos tão bem e transformarmos tudo em algo bom, como nós, não é para todos. Quando encontro outros amigos, revejo boas pessoas, sinto que alguma coisa parecida conosco ocorre sim. Tudo isso me traz bons sentimentos e naturalmente me lembraria o que somos quando estamos juntos, mas confesso a você sem defesa nenhuma que conseguimos ser mais que qualquer felicidade que eu encontre por aí.

Somos tudo que sentimos, mas muito mais do que pensamos. Tão difícil ouvir o coração com os tempos de hoje, não é? Mas sentimos tudo, e lá sempre foi morada para nós dois. Se paralisarmos os pequenos momentos, aqueles segundos de troca de sorriso, os milésimos em que nos encostamos sem motivo, lá sentimos tudo e completamente. Difícil reparar, eu sei. Mas senti um dia desses quando pensei em você sem precisar pensar. Talvez você já tenha feito isso, eu não sei. Mas sei que é quando agimos sem precisar agir que estamos vivendo mais do que pensamos. Em mim reside tanta vontade de te fazer sempre mais... Instinto de querer botar pra fora tudo que o coração pulsa e finalmente dividir, te entregar, e te dedicar o que carrego, e tenho a impressão de ser uma das coisas mais preciosas que já carreguei.

Quando estou do seu lado — simplesmente estou, sem fazer mais nada além de estar —, me sinto pleno como desejo estar em todos os momentos dos meus dias. Estou seguro, em paz e calmo como nunca. Há você aqui e não há mal que possa chegar. Talvez até chegue, mas eu nem sou capaz de notar. Ali estou completo, e em mim não há falta. O tempo passando devagar se torna o meu melhor amigo e você do meu lado se torna cada vez mais do que eu pensava ser.

Somos mais do que pensamos e as estrelas provam isso quando nos parecemos com elas juntos. Entre nós, o pensar fica de menos e apenas sentimos muito. Sentimos muito o que somos, o que podemos e o que queremos. Então entendo que realmente seremos sempre muito mais do que pensamos, porque, por dentro, sentimos sempre que somos muito mais do que imaginamos.

O seu colorido

Que show é pro coração poder viver todo esse seu colorido... Há tanta vida em você que o resultado só poderia ser essa sensação de ver, sentir, ouvir e tocar mais cores do que eu pensava existir. Show de luzes, de sensações, de corações... Felicidade e paz é, em resumo — e que resumo gostoso —, o que você me proporciona sentir com o seu colorido de mil emoções.

Estar do seu lado é sempre uma festa! Não há coração que não sinta o prazer que o seu tem de viver. E como isso me toca, me tem, me faz maior e melhor em tudo. Você me apresenta sorrisos onde eu pensava não ser mais possível ter e me ensina que por dentro sempre temos uma felicidade guardada pra reviver. Tantas vezes, com pouca cor, me colori todo por estar do seu lado... Deixo sua vida me invadir e fazer toda a festa que quiser. Logo estou preenchido como nunca e sentindo você em mim como sempre. O seu talento talvez seja esse, colorir ou dar ainda mais cor as vidas que te encontram. Aliás, é incrível o seu poder de me fazer bem mesmo quando já está tudo bem. Talvez seja aquele momento em que surgem os brilhos nos olhos, o arrepio da alma, o amor quente e confortável enquanto faz um pouco de frio lá fora. É a sua capacidade de sempre ser mais em mim, mesmo quando tudo já parece estar tão bom. E de fato está, mas você sempre consegue me apresentar formas ainda mais lindas de sorrir.

Assim, com todos esses presentes que você é para mim, aprendi a te levar comigo de maneira constante e ininterrupta. Sua presença no coração se torna sempre e o seu calor me acompanha no peito em cada pensar, sentir, agir e viver dos meus dias. Toda a beleza dos seus traços e as virtudes do seu coração se tornam motivos para que o meu sorriso nunca caia e, dessa forma, de pouquinho em pouquinho, descubro a riqueza e a delicadeza de viver cada segundo da vida com amor, assim como você me ensinou. E assim você passa a existir um pouquinho em cada coração que se deixa colorir pelo seu. E que feliz sou por carregar as suas cores... Fiz como deveria fazer, misturei as suas com as minhas e o resultado só poderia ser esse: em mim mora apenas a paz e a felicidade de existir. E quando alguma coisa sem cor chega, eu não tenho dúvidas, entrego o que tenho para que o bem que você me faz possa ir em frente. Graças a você sou mais cor do que antes de te conhecer, e graças a isso sou mais feliz em cada amanhecer.

Sua boca colorida

Me permita um apenas para falar do colorido da sua boca. Meu bem, há tanto acompanho os movimentos dos seus lábios que nem sei o que sentir. Quando falas, vejo e reparo os mínimos detalhes que acompanham a sua fala doce e cuidadosa em cada palavra. Sua boca parece sempre já insinuar o que vai dizer antes mesmo de a sua voz me chegar. Talvez combinada ao conjunto dos seus traços eu já tenha aprendido a te entender sem nenhuma necessidade de te ouvir. Mas que gostoso é te dedicar a máxima atenção dos meus ouvidos... Se sou todo seu a cada movimento que faz, imagina então quando fala. Sou mais seu do que consigo ser de mim mesmo.

Ao pensar na sua boca, quase não consigo me concentrar. Tenho vontade de após este, compor um texto sobre seus olhos, seus traços e todo o conjunto da sua beleza. A sua boca me chama a querer compreender tudo de você e a passar todo o tempo que tenho a admirá-la. O que enriquece o meu coração é exatamente saber que se assim o fizer não perderei tempo. Serei, na verdade, feliz, ainda mais. Eu desejo te olhar, te ouvir, te beijar... E se me deixar com mais tempo, ainda farei questão de contornar os seus lábios com os meus dedos e compreender cada curva que concretiza a beleza do seu sorriso. Aliás, como me aquece assistir a um sorriso seu. Parece até que você sorri dentro de mim, porque quando o faz eu consigo sentir que, peito adentro, estou dando o sorriso mais sincero que prometo conseguir dar. Não poderia ser diferente, tudo que em você existe reflete imediatamente, e sinceramente, e inevitavelmente no meu coração. Tenho certeza de que o seu sorriso me renderia um livro inteiro de felicidade.

Já seu beijo, eu nem sei como me expressar. Os seus lábios ainda mais vermelhos tentando se aquecer do frio do outono me chamam e me recebem como seus braços me acolhem em um abraço. Ali nos entendemos e conversamos como nunca. O encontro de nossos lábios é o momento em que nossas almas se encontram e descansam uma na outra, porque ali não sinto nada menos do que a plena paz de estar tranquilo e feliz. Esse é o pleno resultado de viver o colorido da sua boca em muitas formas, mas ainda mais junto da minha. Cansar, sei que jamais me cansarei, e ter sua boca ao meu lado sei que todas as vezes amarei.

Já te encontrei com saudade

Gravei com exatidão o momento em que te encontrei. A vontade era de entrar na sua frente, olhar nos seus olhos, me apresentar todo e talvez dizer "Quanta saudade...". Parecia que não te via fazia mil anos e que sabia disso mesmo sem saber. Mas por mim, por dentro, na alma, te sentia com o máximo da minha saudade. De alguma forma, o mais profundo de mim te reconhecia e ali eu tinha toda a certeza de que algum caminho eu tinha para trilhar a seu lado. Essa conexão existiu desde o primeiro segundo em que nos encontramos e fica mais fácil entender assim por que sempre sorrimos juntos e no tempo certo.

A sua fórmula de viver a vida é a mesma que a minha, e aí já mora todo o nosso segredo. Não demorou nada pra que logo estivéssemos perto um do outro; afinal, a partir do momento em que nos encontramos, tudo em nós já regia para que ficássemos pertinho um do outro. Eu não sei de onde vem, de onde nos conhecemos ou inventamos essa maneira nossa de nos darmos tão bem, mas ela existe, e só o que há em nós consegue traduzir a imensidão que foi o nosso encontro. Te sentir ao meu lado é sempre sinal de felicidade no meu coração. Quando unimos as nossas mãos, conectamos os nossos olhares ou simplesmente nos sentimos um no outro a qualquer distância em que estivermos, sinto como se tudo de mim estivesse abraçando tudo de você. E imediatamente, através de tudo o que somos, sinto tudo de você abraçando tudo de mim. Logo me sinto plenamente seu, e não porque talvez eu te pertença, mas porque é exatamente ali que quero ficar. E nós nunca nos cansamos... Aliás, cada abraço é um abraço novo, porque a cada dia nos amamos pelo hoje.

Eu não sei que saudade é essa, mas a sinto todo o tempo. Juntos, sinto-a matando; separados, sinto-a vivendo; mas todo o tempo ela existe. A saudade mora em mim porque todo o tempo parece sempre insuficiente para o amor que tenho por ti. E é exatamente por isso que já te encontrei com saudade, meu bem. Naquele segundo tão exato, milhares de emoções me disseram o quanto o meu amor morava ali e que falta eu senti por toda a minha vida, anterior a esse momento, por não a ter encontrado antes. A saudade existiu quando eu descobri que tudo que faltava era você, e pela primeira vez a matava só por estar no mesmo espaço-tempo que você estava. Quando começamos a nos direcionar um ao outro, então, eu nem saberia dizer o quanto fui preenchido de vida por encontrar a sua. Estava tudo lá, e não precisávamos de mais nada.

Aqui agradeço e te digo o quanto amo. Sou mais do que fui porque passei a ser contigo, e passei a ser contigo porque tudo de mim para você sempre dirá sobre sentir e matar a saudade de te amar. De longe sempre te amarei querendo de perto, e de perto sempre te amarei.

Todas as noites

Todas as noites um monte de você vem e faz parte de mim. Entre o silêncio que me descansa, o sereno que me encanta, o seu eu chega quentinho e aqui fica. Deve ser toda essa paz da noite ou o brilho das estrelas que imediatamente me remetem a você. Não sei exatamente, mas sei que a noite é a hora que o coração descansa, como quando está com você, e inevitavelmente para mim as noites só existem carregando a sua existência no coração.

Imaginar você aqui é um vício... Em noites de chuva ou frio em que você não está, naturalmente nos imagino acolhidos um no outro em um cantinho qualquer do sofá. Os movimentos sempre são mínimos, mas a vida que sentimos é máxima. Cada calor é sentido, e ali nos encaixamos de um jeitinho só nosso. O cobertor de vez em quando serve para nos escondermos juntos dentro do amor, e ali nos esquecemos de tudo que não seja sobre nós. E enquanto ouvimos o vento lá fora acompanhado das folhas que se soltam e caem devagar entre os galhos, aqui ouvimos a nossa respiração funda e nossos corpos se soltando como querem. Caímos também... E como caímos bem um no outro. Para mim, com esse nosso jeito de estarmos presentes ao máximo e acompanhados de tanta felicidade, sinto que resumimos ali o que é realmente viver.

Eu me lembro do seu cheiro e do quanto nossos braços se aderem bem quando se enrolam um ao corpo do outro. Jeito nosso de dar boas-vindas sempre ao lar, porque mais moramos um no outro do que em qualquer outro lugar. E é quando vivo esses detalhes com tanta alma e coração ao seu lado que escrevo em mim o que você me significa. Eu te escrevo em mim, mas parece faltar espaço, porque te amar sempre me faz sentir que tudo ainda é pouco. Mas fica gravado, bem aqui no peito, cada milímetro do mais imprevisível toque, cada sílaba por você falada da mais boba palavra, cada arrepio do coração do mais breve gesto de amor, e tudo continua vivendo e existindo como se fosse agora, porque teus movimentos para mim se fazem eternos e constantes na minha alma.

Todas as noites te trago pra cá, e é te carregando no coração que descanso tanto.

Uma tardezinha

— Aqui você respira como quer. Pode sentir o que quiser sentir e se deitar do jeito que mais gostar. A fala mansa e os olhos calmos traduzem nosso sossego de dentro, e por lá nós estamos esplêndidos.

Preparo o café para nós dois. O aroma leve e dançante nos chega devagarzinho como tudo nessa tarde. Para nós, tudo que se vê é uma bela vista e tudo que se sente parece ser sobre ser feliz. O sofá é macio e a luz parece perfeita entre o sol quentinho que entra e aquece a vida. Seus raios alaranjados encostam e esquentam a pele devagar como quando nos aquecemos um no outro. O café chega. Aproveitamos a caneca quente para esquentarmos ainda mais as mãos e o coração. Esse aroma ainda mais perto parece despertar ainda mais o sossego de dentro e silenciar tudo que não fala sobre o agora. Parece que quanto mais sossego, mais há vida. Ali conseguimos sentir cada detalhe que nos encanta e percebermos o quão simples é a felicidade e a vida. Ouço o seu silêncio como um sussurro do seu coração me contando o que te traz luz. Ouço os seus sonhos, gostos e sentimentos enormes que gosta tanto de sentir. Não sei que raridade é essa de nos percebermos inteiros sem precisar de uma palavra, mas essa raridade é nossa. Assim construímos a comunhão de sermos o que somos, porque é no breve gesto de se atentar aos mínimos detalhes e emoções que se constrói o que é o verdadeiro amor. A música é a respiração ambiente e a fumaça do café dança sobre nossos olhos. Conversamos algumas vezes sobre assuntos gostosos e até sobre algum problema que parece mais fácil em momentos assim. Entendemos ali que, com calma, tudo faz mais sentido e tem mais sabor. Em paz sentimos o coração como nunca e temos a chance de abraçar tudo que nos move a existirmos felizes assim.

Que bom te ter diante dos olhos. Sinto mais paz por isso do que pelo silêncio ensolarado que aqui faz. Mas essa combinação toda me faz sentir perto do que possam chamar de perfeito, porque em mim não há vontade de existir em outro momento e de outro modo. Estou pleno e com isso já eternizo em mim essa felicidade. Pode acontecer o que for, sempre poderei estar aqui novamente se tocar as lembranças boas do coração. Seu jeito doce de sentar com os pés em cima do sofá, a luz do sol dividindo o seu rosto em outono e verão, suas mãos tentando manter o calor que ganharam e todo o seu semblante me entregando a tranquilidade de estar ali. Tudo isso e mais o toque do café se tornam presentes gravados na minha alma, detalhes todos que fazem existir uma imensidão dentro de mim. Nessa época do ano, o sol se põe mais cedo e eu já vou já buscar um cobertor para nós dois.

Olhe aqui no fundo

Olhe aqui no fundo e diga que não sou completamente seu. Mergulhe em mim, olhe nos meus olhos e tente dizer que não há enormes partes de você entre as minhas. Quase há mais suas... Sei desde o início que você não precisa que alguém carregue você por dentro e te encha de coisas do coração, mas não é preciso precisar para que exista o amor. É preciso apenas gostar.

Eu gosto de você porque te admiro. Não simplesmente me encanto com a sua beleza e seu jeito de se expressar, mas te admiro por tudo que você me mostrou carregar. Em você há a bondade espontânea, sem precisar pensar um segundo. Sentiu e já foi, já agiu, já viveu, já trouxe vida para ti e para alguém. Jeito seu nobre de estender tudo de você.

Eu gosto de você porque te admiro. Em você há a felicidade viva. Você se espalha em forma de alegria por onde passa. Encontros e momentos ao seu lado ganham sempre o capricho dos sorrisos e de todas as risadas pra acompanhar. A sua felicidade é viva porque não se apaga e ainda te ultrapassa. Jeito seu nobre de dividir a vida que existe em você.

Eu gosto de você porque te admiro. Em você há o amor transbordante. Por onde você vive há seu coração entregando o mais puro amor. Suas palavras, gestos e escolhas são sempre ao máximo assertivos a favor de fazer um outro coração sorrir. Seu amor é semente e aonde chega aflora amor. Jeito seu nobre de espalhar a grandiosidade que existe em você.

Gostar acaba se tornando o mínimo perto de tanto. A cada vez que te assisto existindo, meu coração me conta o quanto gosta de te ver. Logo me sinto ainda melhor, mais vivo e sorridente com a vida. Os sonhos parecem ser todos possíveis e o perfume das flores parecem mais vivos, ainda na timidez da estação. Te ter aqui realmente faz tudo poder ser diferente. O sol parece surgir em meio aos dias de chuva, as estrelas parecem brilhar em noites nubladas e qualquer distância parece estar a um passo. Há em você o jeito de reinventar a vida sempre pra melhor e como aprendo com a sua capacidade incessável de sorrir e viver com amor.

E quanto mais fundo você for em mim, mais você vai se encontrar. Quanto mais fundo, mais parte da gente. Existe muito de você desde a porta deste coração, mas é lá dentro que guardo protegida e quente a maior parte da sua imensidão em mim. Vício meu de proteger o que quero bem... É a semente do seu amor dentro de mim.

Mergulhe, olhe, nade se quiser... Mas depois olhe nos meus olhos e diga o que encontrou. Segure nas minhas mãos, sinta o apoio dos meus braços, receba a calma dos meus olhos traduzindo meu coração de dentro para fora e tente me dizer tudo que sentiu. Se preferir, pode me beijar. Se quiser, pode apenas me abraçar, será como um beijo. É no fundo do coração que devem ficar e sempre morar as raridades da vida. E foi olhando no fundo do seu que descobri o quanto deveria te ter e carregar no mais profundo do meu.

Nosso caminhar a dois

Você não imagina o que se passa pela minha cabeça enquanto caminhamos lado a lado. Seguimos sempre tranquilos e incalculáveis. Nos esbarramos às vezes e sempre corremos o risco de tropeçar com o entusiasmo das nossas conversas. Controlo o meu andar rápido para manter nosso passo a passo sempre juntos, em um mesmo tempo, em um mesmo ritmo, para que assim nossos olhares estejam sempre possíveis quando olharmos para o lado. Enquanto nos damos bem em nosso caminhar, por dentro, na cabeça e no coração, penso em milhares de questões que me fazem entender o meu bem-estar de estar ali. Não é preciso muito e nem um longo passeio para tantas me chegarem, mas quanto mais longe vamos é sempre motivo de comemoração pro coração.

Sabe, o seu sorriso que me chega de lado já explica muito. Me perdoe começar essa declaração por algo tão físico, mas realmente não poderia deixar passar. Aliás, o sorriso é físico, mas a luz é da alma. Eu não sei se todos conseguem ver assim como eu vejo, mas sei que não gostaria de ver de nenhum outro jeito. Para muitos talvez seja apenas um conjunto de traços certos, definidos e bem combinados, mas para mim é a sua alma me sorrindo. O bem-estar é certo e a felicidade me invade desde aí. Parece que sou tocado por inteiro e além... O arrepio e a certeza de felicidade vêm de dentro e isso talvez seja a minha alma sorrindo de volta. E como não sorriria? A sua voz me parece estar sempre no tom certo e suas palavras sempre dizem muito sobre a vida.

Que dom você carrega de proporcionar vida a quem te escuta... Te ouço porque quero e não resistiria a não querer. É verdade que na maioria das vezes os assuntos são tradicionais sobre trabalho, estudos e toda a correria dessa cidade, mas em cada fraseado que me permite escutar há seu brilho de viver tudo com toda a sua paixão. É assim que você existe, plena. Não há em ti espaço para lamentar ou ver motivos para desistir do que te move. E se quer saber, é lindo poder te escutar nesse caminhar.

Algumas vezes me distraio olhando para nossos pés tão rítmicos. Passamos pelo chão molhado que tantas vezes nos reflete e entre as folhas que caíram nessa estação. Pra ser sincero, só ali já sou suficientemente feliz. Os assuntos são bons, os sorrisos são apaixonantes, mas ver que estamos ali lado a lado é todo o meu presente. O significado da sua presença junto a minha antecede qualquer felicidade que eu venha a ter por seus talentos todos. Se quer saber de mais uma coisa, e possivelmente a que mais me toca de todo esse passeio, se aqui andássemos calados e sem desviarmos os olhares do horizonte para nossos rostos semiapresentados, ainda seria o passeio mais desejado da estação.

Imagino para onde esses passos poderiam estar nos levando ou trazendo em outros contextos do futuro. De que festa voltaríamos, para que jantar iríamos ou simplesmente onde seria a voltinha que estaríamos dando. Mas estaríamos juntos em todos esses, e os passos continuariam ali juntos. Eu continuaria diminuindo a velocidade dos meus para encontrar os seus, e o nosso lado a lado continuaria por todo e qualquer caminho que seguíssemos. Seria essa uma espécie de desejo não por um destino, mas sim por ter você ao meu lado rumo a qualquer que fosse o nosso destino. Se te tenho aqui e se terei lá, a vida é e será um presente sempre. Cada passo já se faz valer pelo fato de estar e ser com você, e por mim nós podemos passear todos os dias desde o amanhecer.

A casa é sua

Chegue como quem quer tudo, aqui você pode. Chegue quando precisar, quando quiser, quando chorar ou sorrir, mas pode chegar. Venha de mala feita, só com uma muda de roupas ou sem coisa nenhuma, de toda forma, venha. A casa aqui é sua e sua chegada é sempre esperada. Chegue a qualquer hora e nem é preciso bater, o coração já estará aberto. Estarei pronto e esperto pra te receber, talvez com o cabelo bagunçado, mas pronto — e, acima de tudo, feliz...

Chegue mesmo sem precisar chegar. Chegue com a imensidão da sua alma que tanto ensina corações a sorrir e a valorizarem a vida. Chegue com seus passos mansos de tranquilidade e com toda a delicadeza do seu toque. Chegue com seu sorrisão de bons dias e sua gargalhada de boa vida. Chegue com a sua curiosidade de existir a cada dia mais feliz e com sua vontade de eternizar tudo que faz bem. Chegue na Lua ou no Sol, eu estarei aqui. Chegue toda e fique o quanto quiser. E quando precisar, que algo te faltar ou que algum dos seus talentos apareçam apagados por conta dos trancos da vida, a casa será mais sua ainda. Serei todo seu com a atenção dos meus braços, das minhas mãos e com todo o calor que cada parte minha vai oferecer pra te acolher. Meu peito será seu travesseiro, deitada ou de pé é só encostar aqui e se encaixar à vontade. Envolverei seu corpo com o meu abraço e logo não saberemos quem estará doando calor a quem. Meus pensamentos serão os seus e haverá em mim a paciência dos amores antigos para tudo que você precisar. Descanse e depois fale, fale e depois descanse, apenas sinta se quiser. Será como queira... Ainda que meu coração festeje a sua chegada e que meu conforto maior seja sempre por sua razão, tudo isso será por você.

Aqui é lar, meu bem, e sempre será todo seu. Cuidado terá em cada olhar e amor receberá em todos os meus gestos. Amar é mais do que oferecer morada no peito, é cuidar para que lá sempre seja o melhor lugar para o outro estar.

E se a gente não pensar?

Nem um pouquinho, nem um tantinho, imagina se a gente não pensar em nada. Me dá até um arrepio nos imaginar frente a frente só com todo o coração presente e vivo. Sei que nosso pensar é cuidado, é cautela, é proteção... Mas aposto que se não nos cuidássemos minimamente seríamos em segundos as pessoas mais felizes do planeta. Que vontade de largar esse texto e correr até aí e te beijar como nunca...

Começo a ser um dos mais felizes só de imaginar...

Amar é cuidar, e só aí já somos o suficiente. Olhe todo o amor que somos, dá pra sentir a distâncias. Aliás, não conseguiríamos mais narrar o que é sentir tudo isso. Crescemos, evoluímos e vivemos como se esse amor sempre fosse parte de nós. As coisas de verdade se abrigam na alma e por lá tudo é atemporal, não existe tempo. Não existe passado, presente ou futuro... Simplesmente existe. Vive e pulsa a todo tempo como se assim fosse sempre. É um abraço eterno de dentro pra fora.

Se não pensássemos em nada, tudo que nos restaria seria esse amor. E então seguiríamos o instinto mais natural desse sentimento e nos amaríamos como sempre sentimos dentro de nós. Não só daríamos beijos maravilhosos, mas nossos olhares agora seriam de apaixonados confessos e entregues. Nossas bocas falariam sem ter que escolher palavras e os sorrisos seriam formados a qualquer hora. Nós nos amamos, toda hora é hora de sorrir. As mãos seriam livres para se abraçarem bem quando quisessem e chegar perto demais do seu rosto nunca seria um problema. Falar no seu ouvido seria como um carinho no coração e ajeitar seu cabelo que o vento tanto insiste em bagunçar seria um dos meus maiores vícios. Te ver com frio me permitiria te enrolar em mim sem problema nenhum. Aliás, faria todo o sentido. E te ver com calor me permitiria te convidar para um sorvete com direito a dividir as casquinhas.

Nessa altura já poderíamos ter voltado a pensar à vontade, porque sei que nos amando nossos pensamentos só remariam a nosso favor. E, na verdade, eles já remam. Não pense que essa nossa resistência seja desamor, nosso cuidado e proteção é justamente por nos amarmos demais. Não queremos nos perder nesses caminhos de aventura e tudo que pensamos é para proteger o nosso amor. Mas, meu bem, confie em mim, confie plenamente em mim. Para tanto amor, o mínimo que poderia acontecer é nos amarmos ainda mais. Prometo que brigaremos, ficaremos chateados vez ou outra e sentaremos para conversar sobre tudo algumas vezes. Porque amor verdadeiro só existe assim, e com você eu quero uma vida inteira de verdade. Mas prometo ainda que isso só existirá para nos ajudar a seguirmos juntos como já seguimos dentro um do outro.

Não pensa, não. Nem um pouquinho, nem um tantinho...

Me dê a mão, feche os olhos e viva comigo o amor deste coração.

Durma ao meu lado

Fique. Não faça nada além de ficar. Está escuro, tarde, a neblina começando a cair, e com um frio desses seria uma pena te ver partindo. Acho que eu nem aguentaria. Pegaria um cobertor e iria te buscar correndo no meio da rua. Te embrulharia, apertaria e duvido que seu coração não concordaria com o meu na insistência pra você ficar. Mesmo com a neblina dá pra ver como a noite está estrelada. E mesmo que fiquemos aqui dentro, já é suficientemente lindo saber que estamos juntos em uma noite assim.

Durma ao meu lado, meu bem. Vamos ser o motivo pelo qual as estrelas resolveram se juntar esta noite. Assim como elas brilham para nós lá em cima, vamos brilhar para elas aqui em baixo. Vamos ser as estrelas das estrelas. Construiremos o nosso próprio céu e até as cadentes terão parado para nos assistir. Os movimentos serão apenas nossos e elas que farão pedidos ao nos ver. Se pedirem algo relacionado ao amor, pronto, já estará realizado. Seremos a realização do amor de todas as estrelas esta noite.

Me permita me aproximar de você bem devagar. Em tempos de frio parece que conseguimos sentir cada milésimo com mais precisão e eu não quero perder a chance de te sentir em todos os momentos que eu puder. Mãos geladas chamam por abrigo, e calor dentro do peito chama sempre por um amor. Pelo visto nos chamamos. Meu peito, quase sem eu precisar usar um músculo sequer, me empurra para o seu, enquanto o seu, sem esforço algum, vem me encontrar. Parece até que eles sempre existiram juntos e é a primeira vez que estiveram separados. As mãos fazem a sua parte de se encontrarem e já nos sentimos como constelação em nosso céu. Assim, pertinho, entendemos bem a razão de tudo entre nós ser tão natural. Não precisamos combinar nada, mas tudo dá tão certinho... De olhos fechados sentimos o brilho dos nossos olhares juntos e de boca silenciosa conseguimos dizer mundos um para o outro. Me permita agora te dizer o mundo que você é para mim hoje...

O sono ainda está longe, mas os sonhos já chegaram... Estar com você me faz sentir que a vida está certa como nunca. A paz, a felicidade, a confiança e o amor se encontram em dois corações juntos e ao mesmo tempo, e tenho para mim que isso é o mais próximo que podemos chegar da perfeição. Se logo mais você vai roubar o meu cobertor ou roubar o meu lado da cama, tanto faz. Se seguirmos juntos enfrentaremos os desafios reais da vida. Mas paz, felicidade, confiança e amor são aquilo pelo que temos que lutar para que sempre exista, começando por esta nossa noite. E amanhã, quando acordarmos, recordaremos de algo que jamais deixaremos de lembrar. As estrelas de todo o céu pararam para assistir a gente brilhar.

Riqueza

Toda você... Todos nós... Quanta riqueza me cabe no coração. Sabia que em você havia luz, mas não para a minha vida inteira. Ressignifiquei tudo que pensava sobre ser feliz e minha alma sorriu como jamais sorrira. Você é semente, é raiz, é folha das virtudes da vida, e descobri tudo isso me permitindo crescer e mergulhar com você sempre ao lado. Deu nisso aqui, nessa riqueza toda que nem sei. Sei que é além e cada dia mais.

Me deixa fazer uma festa hoje. Assim, pra comemorar o que importa. Já fui a tantas festas que não diziam nada, que agora só quero ir e fazer as que comemoram sorrisos do peito. Há muitos aqui. Meus motivos de gratidão à vida se tornaram outros depois que te conheci, e a partir de então aprendi de longe a saber pelo que vale a pena sorrir. É por isso que rio das suas confusões, das minhas, das nossas broncas um no outro e até de quando superamos um momento ruim, porque ali estamos crescendo juntos e tornando ainda maior a nossa riqueza de existir. E quando a coisa aperta, onde nem há espaço para rir, longe ou perto eu me trago você. Me lembro do que importa, me encho do que me toca, e meu coração ganha um tamanho que nenhum problema consegue cobrir. Como não gritar gratidão? Você me apresentou novos espaços pra sorrir e sorriu comigo com tudo que já me fazia feliz. E juntos, bem juntinhos, somamos o tanto de vontade de descobrirmos a vida e inventamos o nosso jeito de sermos ricos. A felicidade aumentou, o coração tranquilizou e descobri cores que antes eu nem conhecia. A risada ficou bem alta, os abraços ficaram mais fortes, e os beijos... Ah, os beijos... Aprendemos a vivê-los em todas as formas de vontade. Talvez o mundo precisasse saber mais sobre nós e da riqueza que cultivamos aqui. Segredo, não tem nenhum. Técnica, eu nem sei. Eu sei que é amor, que vai além, e cada dia mais.

Se a gente não se juntar

Há tanto tempo nos sentimos com tanto gosto no coração. Você pra lá, eu pra cá, mas nos sentimos com um tanto bem grande. Muitas vezes estamos juntos, e é quando mais inflamamos esse movimento todo de emoções entre nós. Mas ainda não teve uma vez que eu te vi sem depois não precisar me despedir. Caminhamos bem e construímos com sucesso a relação que temos. Duas pessoas que se gostam, se buscam, se confiam e agradecem aos céus de vez em quando por se encontrarem. Mora em mim a gratidão pela sua existência. Aliás, mora junto com você aqui dentro do coração.

Às vezes penso o que será de tudo isso se a gente nunca se juntar. Penso que uma pena será logo de cara, porque dá pra notar desde os nossos movimentos mais tímidos juntos o quanto temos muito mais vida um com o outro. Ganhamos tanto... Parece que a melhor parte de nós ganha ainda mais luz, mais vontade, mais amor, e nos tornamos felicidades ainda maiores. Sinto que temos a capacidade de alcançar a essência um do outro e trazer ainda mais para a vida. Acho que é por isso que ficamos tão bonitos juntos, somos plenitudes felizes juntas.

Penso sempre no que poderíamos ainda ser e o tanto de coisas que poderíamos ainda fazer. Quantos dez segundos de silêncio viveríamos só com o nosso olhar ao longo de nossos momentos. Quantos abraços inesperados, quantos sussurros apaixonados... Quantas viagens planejaríamos e quantos cenários ficariam ainda mais bonitos conosco. Em quantos amassos fora de hora nos atracaríamos e quantos sossegos olhando o céu dividiríamos. Em todos esses momentos nos amaríamos. E penso neles porque sentir de dentro me faz ter certeza de que tudo isso é uma realidade só esperando os nossos corações pra acontecer. É o amor me mandando ir correndo te viver.

Há universos que se pertencem. E quando eles se encontram, eles se reconhecem. Eu não consigo dar nenhuma explicação lógica, porque tudo isso fala sobre sentir. E quem quer perder tempo explicando o que já se pode aproveitar sentindo? Seria bobo em tentar. É o que é e vive aqui dentro de mim. E como vive. Se a gente não se juntar, meu bem... Bom, isso não vai rolar. Rolar vamos nós nos amassos, no banho de céu e nos edredons durante as noites do fim do outono. Nós nascemos pra nos encontrar e, depois disso, nós só temos que amar.

Cai em mim

Cai pra cá. Cai pra já. Cai pra ontem. Nunca te pedi nada, então agora estou pedindo: Cai! Vem aqui, se joga em mim, pula se quiser, vem com tudo! Finge que sou chão e você é folha. Finge que sou sede e você é chuva… Mas cai de verdade, pra valer, e não se preocupe comigo. Eu te seguro, eu te aguento, eu te sinto, eu te cuido. Se trazes pesos de outras vezes que caiu em outro lugar, não tem problema. Eu te aceito e te quero assim. Te quero com tudo que te forma, tudo que te é, tudo que te faz mulher. Quero seus lábios desenhados com perfeição e cada fio do seu cabelo pra eu enrolar entre meus dedos. Quero sua bochecha rosada e seu tênis espalhado pelo chão. Quero suas roupas largadas e seus palpites sempre imprevisíveis. Quero todos os seus desenhos feitos em qualquer pedaço de papel que você acha e quero seu sono lá pela meia-noite bem no meio do filme. Quero suas traquinices logo de manhã e esse sorriso mais lindo do que tudo que já vi sorrindo por aí.

Cai. Só uma vez. Vai ser o suficiente, eu prometo. Quero você já para a hora do jantar de hoje… Desde que descobri que há você nesse mundo, respirando esse mesmo ar, eu só quero saber de te ter aqui. Suas preciosidades eu vi logo de longe, logo pelo brilho que te vi carregar na primeira cena que meus olhos te filmaram. Dali para te amar foram só duas batidas de dentro, uma minha e uma sua. Bastou estarmos vivos e frente a frente para eu ter certeza de você na minha vida. Ali aprendi o que significava te ter por perto, e de resto, quando não estava, a partir de então, algo me faltava. Por isso te ofereço, com tanto zelo, o que sou para você cair. Depois, juntos, vamos nos segurar como jamais seguramos alguém, e nos jogaremos para onde nossos corações quiserem ir. Com você não tenho medo, e na verdade sinto prazer de viver o que for, desde que seja com você.

Olha, meu bem, o outono termina em alguns minutos e a tendência é só esfriar. Será bom ter uma mão pra abraçar e um pescoço quente onde eu possa respirar — e que eu possa beijar. Também te ofereço o meu e todas as minhas outras partes, se precisar se esquentar. Ficaremos bem juntos e, ainda com todo o frio, transformaremos esse inverno em verão no coração. Será precioso, assim como te vi chegar.

Cai aqui. Vem pra cá... Eu sou amor e você é amar.

INVERNO

21 DE JUNHO
1H24

O frio é cada dia maior, mas
o calor de dentro também.
– Posso entrar?
– Sim.
– Está frio lá fora.
– Aqui dentro também.
– Mas já vai esquentar.

Um cobertor pra nós dois

PRIMEIRO TEXTO DO INVERNO

Estique as pernas ou as encolha sobre as minhas. Deite aqui de lado, de peito para o céu ou de bruços, do jeitinho que melhor ficar. Como travesseiro você pode usar os meus braços, meu peito, meus lábios... Acomode os seus braços sobre mim e descanse-os no calor da minha pele. Encontre as suas mãos com as minhas. Sinta no balançar do meu corpo a minha respiração ao seu lado. Nós nos daremos bem nessa bagunça.

Me conte os sonhos que quer ter esta noite, eu também te contarei os meus. Sinceramente, deverão falar de você. Mas, possivelmente, apenas repetirão cenas dignas de sonhos que já pudemos viver. Divida comigo os seus temores e preocupações para amanhã. Suas angústias, medos, dúvidas e inquietações do coração. Podemos conversar, organizar, dividir, sentir, bagunçar, para não te assustar tanto assim. Fale de todos os seus sorrisos de criança, das bagunças boas da infância e de quantos sonhos de lá você conseguiu manter vivos até hoje. Reclame à vontade sobre as coisas que insistiram em não se acertar... Pode xingar, esbravejar e até socar (o colchão). Mas também vamos falar com entusiasmo de todas as coisas boas que já tocaram seu coração.

Quero que possamos ser extensões um do outro. Não precisa gostar dos meus gostos, e nem quero que queira tudo que eu quiser. Mas quero que tudo de você me chegue e que tudo de mim te alcance... Quero que quando algo te faltar eu possa estar pra resgatar em você seja lá o que for! E quero não esquecer que quando eu estremecer terei você a um olhar pra me encorajar. Que tal um problema pra dois? Um medo para dois enfrentarem? Será muito mais fácil. Serão duas coragens para o que quisermos encarar, dois corações para nos levarem aonde quisermos chegar e duas felicidades juntas como uma para nunca deixarmos de amar. Seremos sempre dois para um, sem importar o que virá. E se vierem dois, três ou quantos medos forem, fique bem. Se acalme. Cuidaremos de um a um com a máxima de que o amor sempre vence. Se vence mesmo, eu não sei, teremos que descobrir. Mas aqui, bem aqui, dentro e profundamente em mim, há uma coragem imensa de ser tudo que for preciso para que essa se torne a primeira verdade de nossos passos.

Continue colada em mim, está cada vez mais quente. O seu encostar me faz bem e me faz lembrar o quanto eu existo feliz. A cada vez que percebo que vivo uma vida em que há você como parte de mim, agradeço. Sorrio e agradeço. E então sinto como é bom poder dividir o mesmo sorriso, o mesmo abraço, a mesma luz, o mesmo calor, o mesmo cobertor... Que sejamos sempre duas vidas, dois corações, duas felicidades. Mas que como dois possamos ser sempre juntos a razão de um amor.

Seus dons

Seus olhos desejam, sua boca chama, seu toque convida... Realmente, a ti não falta quem queira chegar. Você é esplendor que desfila na vida, sua e de todos que tiveram o privilégio de te presenciar. E como estão sempre te presenciando... No coração de quem te há mora a sensação de gratidão contínua e revigorante. Sua presença é como um ciclo de água que se adapta, se modifica, se redescobre, se reinventa e volta a chover. Sua existência — e a força dela — existe sempre, e assim constrói e solidifica as bases de qualquer aventura que eu queira construir. Tua força é força em mim, tuas imensidões de dentro fazem as imensidões de meus horizontes e logo alcanço o longe como não pensava ser possível. Teus cabelos narram as ondas do mar. Com o balançar, o ir e vir de vida, me entrego às tuas ondas e descanso. Me vejo parte seu, parte da felicidade encantada, parte de um único lugar no mundo entre tantos que existem em todos os corações também do mundo, mas esse é exatamente onde eu gostaria de estar. Que belo pôr do sol... Que belo nascer da Lua... Que belo lugar pra amar.

Meus privilégios e sorrisos da vida aqui se encontram e fazem festa. Tua presença basta, mas descubro o inexplicável quando seus olhos, sua boca e seu toque entram em ação. E como uma sintonia perfeita entre nós, meus olhos, minha boca e meu toque correspondem com exatidão aos teus movimentos. Logo não há quem aja e quem corresponda, porque nos tornamos únicos em nossos movimentos. Tudo parte de nós como uma única fonte, e assim, todos os olhares, todos os beijos, todos os carinhos são sempre dados e recebidos, ao mesmo tempo, como uma coisa única para dois. Minhas mãos encostam e acariciam a sua pele assim como sua pele também encosta e acaricia as minhas mãos. Meus lábios entregam meus beijos aos seus, assim como os seus dedicam os seus beijos aos meus. O meu olhar, o meu mais sincero e confesso olhar, até existe na ausência do seu, porque me vejo expressando tal olhar só na possibilidade do pensar. Mas quando juntos, quando nossos olhos se encontram, a maior verdade e confissão de um amor se fazem como uma, e caminha, e evolui, e logo tudo que somos no coração está traduzido em cada milésimo de olhar, de toque e de beijo.

Se pudesse desejar algo, não desejaria mais. Desejaria que tudo se mantivesse como conseguimos. Um amor acontece quando dois corações se encontram e querem se abraçar, mas ele se concretiza como grande quando os dois corações que se abraçaram o mantêm tão forte quanto o primeiro abraço que eles puderam se dar.

Banho quente

As minhas mãos pousam sobre os seus ombros como um abraço de parte de mim. Nossa pele arrepiada se ouriça com o choque entre o calor que conseguimos manter e o ar gelado em nossa volta. Esse frio que nos cerca se faz valer com o calor que sentimos da proximidade de nossos corpos. Minha boca delicadamente encosta na sua nuca, e com toda a calma desliza de um lado para o outro, recitando em silêncio a imensidão que sinto aqui dentro. A água já está caindo, e devagar a fumaça quente começa a subir e a nos envolver. Ainda em movimentos mínimos das minhas mãos, dos meus lábios e dos seus olhos carinhosamente fechando para compreender meu toque, nos mantemos colados e existindo juntos como emoções raras da vida.

O vapor dançante pacientemente começa a pousar e a umedecer nossa pele. O toque, agora menos áspero, parece definitivamente nos integrar em um mesmo movimento, em um mesmo estado, em um mesmo tempo. Meus lábios já desenham seus versos com menos timidez em sua pele. E suas mãos, funcionando como seus olhos, se dividem entre entrelaçar os seus dedos entre meu cabelo e a navegar cuidadosamente sobre o meu corpo. A água nos chama com seu barulho de chuva, e nós atendemos com a calma de nossos corações.

Vejo as primeiras gotas caindo sobre a sua cabeça e rapidamente formando pequenos rios entre seu cabelo para alcançar o seu rosto. Da ponta do seu nariz as gotas se formam mais uma vez e se jogam. Os seus olhos com calma começam a compreender a dinâmica entre a água, as nossas mãos se dirigem a acariciar os rostos e a essa altura os sorrisos já são incontroláveis. Parece que ali tocamos muito além da superfície da pele que nos recebe, parece que acaricio o seu rosto acariciando a sua alma. Não te olho e não me divido simplesmente com o que te vejo, mas com o que te sinto… E isso provavelmente é a minha alma de acordo com a sua.

Os beijos se estralam e se deitam à vontade. As minhas mãos já não são mais minhas nem as suas são mais suas, tudo já é nosso. A água quente, que se estende como nossa segunda pele, escorre e desenha em nossa superfície o contorno do nosso toque. Ainda sinto a sua pele arrepiada, como a minha também se mantém, mas agora a culpa é toda nossa. Em momentos, ficamos parados apenas deixando chover. Variamos nossos olhos entre abertos e fechados navegando entre a serenidade de nos vermos à frente e a profundidade de nos sentirmos por dentro. Porque quando fecho parece que trabalho com o tempo do peito, e então pareço tornar aquele um momento sem fim. Mas quando abro tenho vontade de ir à frente, de descobrir, ao seu lado, o que temos pra sentir, de experimentar outros banhos, outros arrepios e outras emoções que continuem falando sobre o amor. E em cada vírgula de vida quero que possamos viver tudo como vivemos nesse instante: juntos, para mim e para você, com a alma em um mesmo estado, em um mesmo momento e em um mesmo tempo.

Tudo

Estou sinceramente com vontade de largar tudo e correr para dizer que te amo. Não estou com medo da impossibilidade de voltar atrás depois da primeira sílaba nem dos meus olhos, que te confessarão meu amor antes que as palavras soem. Sei que o sol irá se pôr diferente de todos os outros dias, a noite terá um novo ritmo para acontecer e com toda a certeza o amanhecer de amanhã será da mesma preciosidade daquilo que sinto. Não me amedronto com riscos de felicidade. Estou sinceramente apaixonado por te amar, porque te amo, e te amando sinto claramente a minha alma se esquentar.

Minhas impressões são de que o tempo nos espera. Tenho em mim que assim como nós ele carrega junto a cada segundo a certeza do nosso encontro. É como se uma história já tivesse sido escrita e contada, mas ainda está a espera de viver. E o tempo segue seu caminho esperando ansioso para dar o segundo do nosso encontro definitivo. É o tal olhar sem volta, a sílaba falada que jamais poderá ser apagada... É o amor em existência viva nascendo de duas vidas que se encontram.

Preciso correr e dizer porque em mim os sonhos não sossegam. Quando sonhamos, sentimos e desenhamos com precisão o que os ensinamentos mais profundos do coração pedem, e ali te desenhei inteira. Couberam seus traços misturados aos meus e aos lugares pelos quais passaríamos. E então chego aqui com uma saudade definitiva de viver cada emoção já sonhada, de sentir na pele cada navegar dos seus lábios e de entregar nas suas correntes de puro amor todo o meu corpo, que então começará, apenas começará, a matar toda essa saudade. Porque quando o amor existe, a saudade existe junto, antes mesmo de qualquer cena viver, porque quando o amor existe, a falta existe, antes mesmo de faltar. É a vontade de ter infinito... E mesmo tentando matar essa saudade, não quero que ela acabe. Quero sempre tentar sem nunca conseguir em definitivo. Mas quem ama realmente nunca deixará de sentir. Afinal, é amando sem fim que não se deixa nunca a saudade acabar.

É a vontade de ter infinito...

O que eu sinto é tudo, o que eu quero falar é tudo, e o que eu quero viver não é menos do que tudo. Não há medida que me ajude a expressar tanto. E, logo, com todas as minhas tentativas soando insuficientes, definir como tudo se torna o mais próximo da imensidão que sinto de longe até esse inverno. Sonhei e senti por longo tempo, mas não me cabe mais me impedir de sair correndo em seu rumo. Ousei dizer que temos certeza do nosso encontro, mas apenas porque com os olhos nós não nos calamos tanto. Aliás, olhos nossos que não se largam depois que se encontram. Por isso, se é preciso dizer, eu digo. Se é preciso falar com a mesma boca que em seguida vai te beijar, eu beijo. Hoje teremos um pôr do sol diferente, e a culpa vai ser toda nossa.

Nesse cais

Meu amor, fique bem à vontade e se amarre com quantas voltas quiser. Esse cais é inteiro nosso, feito de toda e cada emoção sincera a que já nos dedicamos. Quando você se amarra, quando você se laça nesse cais com o seu coração, você está se segurando em todo o meu instinto de ajudar e segurar o que te vier. E eu, quando me amarro, quando sorrio e me amarro, estou me amarrando na certeza do que seu coração me entrega, e logo estou seguro também.

Imagine quantas voltas no mundo podemos dar juntos se temos o nosso cais. No mínimo o suficiente para conquistarmos o planeta inteiro. Se quisermos ficar ali, em uma casinha simples que dê pra ver o mar, tudo bem, estaremos conquistando o mundo do mesmo jeito. O que importa para nos sentirmos plenos é a felicidade e o amor. E se os tivermos, teremos conquistado tudo que precisamos, inclusive o mundo.

Se meu instinto é de ajudar e segurar o que te vier é porque te amo. Nunca conheci amor que não cuide e cuidado que não ame, porque em mim, ao te amar, só poderiam viver os dois. E, como aqui falo de amor, sou feliz em dizer que também sinto seu instinto me cuidando e me amando. E não poderia ser diferente. Não decidimos nossos caminhos nem seguimos juntos por gostos e vontades de um só peito, mas sempre pela combinação sincera de nós dois. E nesses lugares, seja onde for, pelo que passarmos, nos aventurarmos ou ficarmos de vez, chamaremos sempre de nossa casa, porque, ao dizer, estaremos nos referindo ao coração um do outro e nossa casa será sempre onde estivermos juntos e bem.

Quero aproveitar nosso cais como infinito. Quero ver a onda e me jogar. Quero sentir amor e me entregar. Quero me sentir vivo e realmente estar. Eu quero me encontrar com o presente e ter a consciência de que ali estou. E estou feliz, quente e aconchegado entre você. Quero saber no agora que sou feliz e estou ao seu lado. Na verdade, narro aqui o que já sinto, o que já vivo e agradeço. Mas desejo aqui aproveitar nosso cais como infinito para que isso permaneça sempre. E a felicidade de saber que já vivo tanto, me faz conhecer os sonhos, e logo o infinito sou eu e o que há em mim, e tenho certeza de que o que somos também.

Estaremos sempre cuidados pelo cais que juntos somos um para o outro. O destino aqui apenas aprontará a nosso favor, porque nada poderá mudar as preciosidades que carregamos por dentro. E se vier algo que nos machuque, continuarei dizendo o mesmo, porque a força que faremos para nos manter apenas nos ensinará ainda mais como nunca nos abandonarmos. Aprenderemos que venceremos sempre que quisermos, porque nada pode acabar com aquilo que aceita se modificar, se transformar e se reinventar para existir: o verdadeiro amor.

Nesse cais que construímos, seremos sempre a nossa força e guarda, e graças a isso sentirei que conquistamos o mundo todos os dias.

Se eu tivesse que falar de saudades

Se eu tivesse que falar de saudades, metade de mim já se entregaria agora. De forma inevitável, as minhas palavras se encontrariam em perfeita comunhão com o coração, e então elas diriam a verdade com a força que poucas verdades já tiveram. Estaria eu atento e concentrado na precisão dos meus dizeres, tentando ali entregar em palavras a exatidão que sinto. Mas mais uma vez perceberia apenas alcançar a exatidão dessa imensidão em meus silêncios. É entre os respiros das minhas frases e os silêncios na escuta do coração que encontraria tudo que eu te entregaria se eu tivesse que falar de saudades.

Em meus caminhos, tudo que sei é que amei, por isso a saudade não me é incomum. Onde houve amor me é saudade e parte do que hoje sou. Afinal, sou construído de amores e inevitavelmente de saudades. Mas preciso dizer aqui a ti que de todas as verdades dos meus silêncios você é a que mais me ecoa. Seu sentido me existe como se nunca tivesse não existido. É como se fizesse parte de mim desde o início e sobrevivido a qualquer saudade que pôde me instalar.

Quando seu mar é invadido e misturado a outra imensidão também mar, vocês nunca deixam de pertencer e de serem pertencidos pelas ondas um do outro. Há sempre parte do que somos e do que nos foram entre o balançar de nossas marés. E assim perpetuamos sempre em nossos balanços as belezas que nos alcançam.

Meu coração sussurra com a alma o que vivemos, e logo sinto em todas as minhas partes a felicidade alcançada. Não sou mais tão preciso com os meus passos, não faço questão de ter certeza dos caminhos nem tenho mais essa vontade desesperada de acertar. Descobri que felicidade e amor chegam até pelas frestas se tiverem que chegar, e caminhos sem certeza, sem verdades absolutas, sempre serão caminhos lindos para te ensinarem sobre o viver. Assim, prefiro percorrer sempre as minhas incertezas apaixonadas e descobrir cada vez mais a simplicidade do que me faz bem, porque, se hoje sinto saudades, é porque um dia arrisquei e me apaixonei por traços, desejos, corações e momentos que eu não esqueci.

Carrego a gratidão imediata e constante. Sou mais vida pelas ondas que me tornei ao seu lado. E talvez essa gratidão que me invade seja a minha maior fala sobre a saudade, que se reflete nas expressões do meu rosto, na calma da minha alma e na felicidade de um coração que amou e soube o que é ser amado.

Se eu tivesse que falar de saudades... Eu fecharia os olhos e sorriria.

Sereno

Essa noite o sereno baixou e eu só pensei em te aquecer. Assisti ao céu escuro, silencioso, mas jamais adormecido, enquanto as luzes apresentavam a camada delicada e branca do tempo que me fazia inteiro querer te abraçar naquele momento. Sua imagem me veio como se só pudesse vir, e ali eu parecia concretizar o abraço através do que sentia. Não senti nada que não fosse ali, meu eu todo presente e o sereno passando dançante entre as emoções que me despertava. Te via por ali, te sentia por aqui, você cabia bem naquele espaço ao meu lado. Aquela calma, aquela imagem leve de uma noite sem pressa fazia de mim uma calma inteira. Eu estava bem. Eu estava realmente bem.

Sua presença me era tão forte que quase senti seus dedos me apertando. O frio já não parecia grande e a atenção estava confessadamente em algo além do que sentia na pele. À medida que meus passos avançam, eu observava entre as árvores os galhos dançando junto com a noite. As folhas já eram poucas, afinal, é inverno. Mas as que ainda resistiam balançavam como se quisessem aprender a voar. E, pelo chão, se estendiam as muitas que já haviam aprendido, mas que agora corriam livres e empolgadas entre os pés de quem passava. Ali me atravessavam como se eu também fosse uma árvore que dançava. E de fato estava dançando com tudo por ali... Com a noite, com as árvores, com as folhas e com a vida...

Minha vontade de te aquecer vem de estrelas distantes. Mal posso conter a sensação de calor quando logo te imagino em meus braços. Meus sonhos e vontades são quentes por você existir. As alegrias e espontaneidades que em mim nascem são fáceis por você me caber, e minhas paixões são sempre inevitáveis por você ser toda essa vida... Você faz o ritmo do meu céu e terra estar sempre no tempo certo e faz cada detalhe do mundo parecer estar onde realmente deveria. Você dá sentido ao mundo de quem te conhece e abrilhanta ainda mais o mundo de quem mesmo só te vê passar.

Enquanto tudo em mim ainda dança, paro os meus passos por um instante. Ainda iluminado por uma mistura da Lua e das luzes da cidade olho para mim, para você, para os detalhes dessa noite e para tudo que me existe, e então pareço entender o quão imenso é mesmo tudo isso. Ali sinto a vida se narrando impossível de se explicar, e naturalmente tudo em mim vibra minunciosamente em gratidão. Esse é o sinal de estar vivendo algo imenso. E tudo apenas é sentido, pois nada me parece suficiente para expressar o que sinto. Há apenas algo peito adentro que grita mais que o compreensível o quanto estou feliz. E como as emoções não sabem o que é o tempo, ali me sinto plenamente eternizado junto a essa noite e a essas emoções que me falam. Não esquecerei do sereno passando, das folhas correndo, das luzes do céu e da terra me iluminando nem dos galhos dançantes acompanhando meus movimentos. E tudo isso enquanto eu pensava o quanto eu queria te aquecer. E tudo isso enquanto eu sentia o quanto é bom te querer.

Você está indo aos poucos

As palavras mal querem sair para assumir essas despedidas. Dia após dia você leva um pouco do que me sobrou, e daqui apenas guardo as mais minuciosas sensações e estações que vivemos. O tempo está a passar e, como o vento em dunas de areia, tudo que nós já fomos não consegue ser mais hoje. Não falo da partida física, dos nossos lábios amassados e dos nossos peitos que não mais se encostaram dando ritmo a dois corações. Mas falo do que ainda havia te restado em mim, e que aos poucos o vento do tempo leva, e que aos poucos deixa de ser duna que mora no que sou.

Penso se já não perdi os detalhes dos seus trejeitos e se ao te encontrar eu já não reconheceria mais os seus sinais sutis de tantas vezes. Já são outros... Seus braços cruzados na timidez já não devem significar mais o mesmo, seu jeito de juntar os pés em situações importantes talvez não exista mais, e seu jeito de batucar a mesa antes do café porque seus planos estão indo bem talvez não seja mais a sua melhor forma de comemorar. Bolo de chocolate para a tarde era sempre uma boa ideia, e pipoca com guaraná sempre foi imprescindível pra assistir a qualquer filme. De terror nunca foi uma opção. Musical e comédia sempre foram as escolhas favoritas. Variar entre sentar no tapete ou no sofá entre as almofadas parecia uma dinâmica gostosa de acontecer, e cantar toda a trilha dos seus filmes favoritos significava mais uma tarde feliz. Os sinais eram sempre claros e eu os entendia até quando me distraía ao cantar com você.

Suas mãos congelavam quando ficava com medo de qualquer coisa — era o meu papel aquecê-las. Seus olhos bem abertos e concentrados em um único ponto significavam um grande plano sendo criado, e seu jeito quietinho de ficar nunca enganou meu coração, alguma coisa ali dentro estava machucando. Corria pro quarto quando sentia que podia acabar chorando ou só se deitava no sofá até aliviar. Olhos fechados para tentar segurar qualquer lágrima e pernas bem encolhidas pra ficar mais quente. Eram seus jeitos todos... E, hoje, já não sei mais se os encontraria. Apostaria que alguns sim, com certeza sim. Aquele bolo jamais deixaria de fazer parte das suas tardes e as letras das músicas jamais seriam esquecidas por você. Sua forma de chorar escondida e envergonhada ainda deve ser sua forma de se emocionar, e a necessidade de um abraço grande que te receba em sorrisos e tristezas não pode ter mudado. Seus olhos perfeitamente combinados com a sua boca expressando sinceramente toda felicidade que sente sempre serão os mesmos, e seus dedos entrelaçados nos meus, apertando forte, com a alma e com amor, sempre significarão — eu sei que sempre significarão — a confiança que você sente. Talvez outras tenham mudado... O seu lado mais confortável de dar as mãos, o seu novo livro favorito que eu nem conheci, as novas ideias que tudo que você viveu te fez ter e até um jeito cada vez mais nobre de ver a vida e o amor. Pode ser que a pipoca agora seja de outro sabor e que sua forma de bolar grandes planos não sejam mais traduzidos em seus olhos concentrados. Pode ser... Pode ser...

Estamos em vida que anda e aqui tudo que devemos fazer é caminhar. Fico feliz que possa mudar e se reconstruir a cada aprendizado novo, assim como também tento fazer. Aconselho que o bolo seja sempre o mesmo, mas todo o resto é um direito e uma inspiração ter a coragem de mudar, de transformar, de reinventar. Vá bem... O orgulho em mim continua. O vento que te leva e transforma também passa por aqui, e quem sabe um dia possamos nos conhecer tudo de novo.

Amor

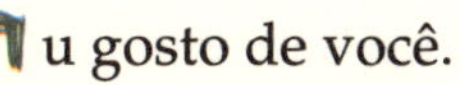

— Eu gosto de você.

— Não faz isso comigo...

— Eu gosto... E gosto de gostar.

— Não! De onde você tirou isso?

— De mim... Talvez de nós...

— Nós somos amigos!

— Exato! Nós somos amigos! E por sermos tanto eu só soube gostar.

— Eu não sei o que dizer.

— Não importa muito o que vamos dizer aqui, o importante é o que sentimos. Aqui te digo porque preciso, mas sentir te sinto há tempos.

— Eu não sei.

— Nem eu, mas o que sinto é isso, *eu gosto de você.*

— Você é maluco!

— Provavelmente... — Rindo e sorrindo com tudo o que podia.

— Não olha assim pra mim! Eu não sei o que falar! — Também rindo e sorrindo com tudo que podia.

— Me diz o que você sente.

— Eu não esperava por isso! Eu não sei... Me diz você...

— Eu digo que nós sempre tivemos uma amizade muito rica, de muitos sorrisos, de diversos momentos gostosos e com nada de ruim. O que a gente quer de alguém ao nosso lado? Só se sentir bem. E eu me sinto bem com você. Plenamente bem. Aliás, estou me sentindo bem agora.

— Eu também estou.

— Meu coração sorri em poder te dizer isso.

— Ainda não sei o que te falar.

— Teus olhos me dizem agora como sempre os ouvi.

— E o que eles te dizem?

— Que o seu amor mora por aqui.

— Por aqui onde?

— Onde estivermos juntos... — Sorriu.

— Eu também gosto de você.

Sorriram juntos.

Um texto sobre não parar de pensar em você

Você tem existido em mim como nunca. E, como nunca, tenho gostado de te encontrar por todo o tempo. Deve ser seu céu sempre bonito... Seu jeito colorido de viver todos os dias e cada sorriso — que começa lá no coração — que dou quando te sinto adentro. Você é luz, Sol, Lua, sombra, chuva e ventania... Você é sempre e em exatidão o que meu coração precisava encontrar.

Ao escrever fico olhando, pensando e tentando entender o porquê de não parar de pensar em você. Ao tentar, apenas sinto. Sinto como se você viesse e pintasse o meu coração com os seus melhores traços e ali traduzisse tudo que você consegue ser. Sinto como se meu coração, ainda com a consciência de que ele é meu, se transformasse, no mínimo, na vontade de ser todo seu. Ao seu dispor, ao seu sorriso, ao seu amor... — eu diria. Sinto por todo esse tempo o bem e a felicidade que conheci em sua presença, mas já se transformando em amor se torna possível de ser sentida em qualquer distância que te tenho. É como se você me abraçasse de dentro para fora e fosse possível sentir fisicamente não só o seu toque e o encaixe perfeito de nossos braços que nos acolhem, mas também o seu amor como lábios que se encostam e namoram.

As borboletas na barriga voam à vontade, e o coração parece realmente ter aprendido a falar. Minha atenção se volta a essas sensações de vida e de amor, e ali realmente sinto estar vivendo mais do que antes. Meus passos parecem estar concentrados no presente e pensantes sobre cada rumo que desejo tomar. Meus pensamentos, que às vezes sobrevoam o futuro que meu coração desenha, passeiam entre nossos beijos, nossas conversas de como foram os nossos dias, nossas viagens planejadas e inesperadas, nossos passeios simples e bonitos, o cheiro do café que te fiz pela manhã e as horas da tarde que você dormiu sobre o meu colo. E, então, meus passos presentes parecem ficar cada vez mais fortes. Entendo ali tudo que podemos ser e a alegria só aumenta, só transborda, só inventa mais mil motivos pra sorrir e não parar de pensar em você.

Os ventos me acariciam o rosto e as estrelas me acariciam os olhos. O mundo com você no pensamento parece mais delicado e amável a cada vez que respiro, e assim carrego a certeza de que você faz o meu mundo maior. As fronteiras acabam, as emoções se espalham e nada em mim se petrifica. Tudo em mim pulsa, vive, respira e ama. Encontro nesse estado talvez a essência da vida, algo em mim que não deseja parar e nem pensa em deixar sentir a beleza de ver uma folha cair, uma flor se abrir, a gota da chuva tocar e se espalhar gelada na pele. Tudo isso é o amor que nasce de ti me fazendo ainda mais feliz. E te carrego, e não paro de pensar, já que pensar em você me faz mais vida e com mais vida eu posso ainda mais te amar.

Um sol quentinho

Se acomode aqui comigo junto com esse sol quentinho. A grama está macia e poucas vezes a vi tão verde. Sentado aqui sobre ela, abraçando os meus joelhos e sentindo a luz me aquecer, percebo o quanto a paz muitas vezes mora em nossas pausas. Sinto todo o ar me preenchendo e me dando vida, toda a brisa passando e me abraçando, meus cabelos insistentes para voar e minha calma, que é cada vez mais calma, a cada vez que respiro.

Com você sentada na minha frente e encostada no meu peito, respiro encostando meus lábios na sua cabeça e te dedicando ali um beijo daqueles que parece que a alma veio dar. O carinho é imenso, pleno e completo. Ficamos em silêncio, calmos, e parece que só a nossa presença já diz tudo um para o outro. O tempo parece não passar, e o mundo, existir apenas para nós dois apreciarmos. E ali parece que nos igualamos à beleza do mundo e nos tornamos parte inteira de toda a beleza que sentimos.

O seu perfume me chega e meu fechar de olhos me permite navegar sobre você inteira. Te respiro, te vivo, te sinto como se meu coração também puxasse ar e esse ar fosse você. Todos os meus sentidos te escutam, te olham, te sentem e se dedicam atentos para não perder nenhum detalhe que nasça dos seus versos. Enquanto isso, o Sol cobre a nossa pele como um carinho, e cada vez mais o que sentimos se entrelaça com a simplicidade de estarmos ali... Estamos juntos e plenos, e isso basta. E assim parecemos realmente tocar o que é realmente o amor.

Nada em mim tem vontade de partir. Tudo em mim sempre tem vontade de ficar onde estamos. Se sempre já te sinto tanto, que dirá podendo sentir a sua respiração sobre o meu peito. Minhas mãos se estendem pelos seus braços, suas mãos recebem as minhas, e nos movimentamos um ao outro com nossos lábios, que não resistem a se encontrar. Já não há nada além do que sentimos que possa definir os nossos sentimentos todos. Há apenas nós, juntos e plenos, amando o que somos.

A vida me ensinou

Só descobre a vida quem tem coragem de viver o que o coração manda, e isso foi a própria vida que me contou. Há tanto guardado a um passo de ser vivido… A palavra que sua timidez te impediu, o sorriso — assim, sem motivo nenhum — que você quase entregou pra pessoa que te deu vontade de sorrir, o beijo sem hora e sem aviso que só a sua alma deu… Há tanto guardado a um passo de ser vivido… Há tanto… Podemos tanto…

A vida me ensinou que os abraços são necessários e que quando dados com sorrisos algo precioso está acontecendo. Me ensinou que as mãos dadas não são mera formalidade e obrigação, mas sim amor dito pelo gesto. Que aventuras de vez em quando fazem bem para descobrirmos sentimentos novos, mas que quando estamos acompanhados, essas aventuras ganham um sentido ainda maior na nossa existência. Aprendi com ela que nossos dias não nascem bonitos ou feios, mas sim nosso céu de dentro que nasce ensolarado ou nublado, e somos nós que fazemos dele o que queremos. Entendi que amizade sem vida não existe e que vida sem amizade, menos ainda. Descobri que é preciso ter um contato certo que sempre terá encaixe pra te ouvir e que também devemos ser o contato certo para alguém que confie a nós todos os detalhes do seu ser. Percebi com os dias que o calor do sol pode queimar ou bronzear, depende do seu gosto e do tempo que você se entrega a ele e, que assim, tudo na vida é uma questão de equilíbrio entre muito, pouco ou… Tanto faz se muito ou pouco, mas sim a quantidade que te fizer bem.

A vida me ensinou que olhares e gestos dizem imensidões que palavras não conseguem alcançar, e que estar atento a essas imensidões pode fazer a sua vida mudar. Logo ficou claro que há quem me ame sem dizer e há quem diga sem me amar. Apaixonar-se sempre será uma das maiores delícias da vida, mas com o tempo e o amadurecimento aprendemos ainda mais a identificar onde o amor está. Descobri que um banho de chuva é totalmente fundamental de vez em quando e que deitar na grama e andar descalço deveriam ser hábitos diários na vida. Comer uma fruta direto do pé, beber água direto da fonte e respirar fundo no meio de um monte de árvores são riquezas que sempre deveríamos praticar. Aprendi que a vida é cada dia mais linda se você aprende a escutar e que agradecer por todas essas preciosidades faz do seu coração felicidade que nunca vai deixar de te estar.

Essa noite

Essa noite tudo de mim gritou para eu te amar. Essa noite tudo de mim te amou. Você não sabe, talvez nem imagine, mas tenho te amado. Mal posso escrever o que sinto já que apenas na minha quietude sinto com precisão as estrelas que me acendem ao pensar em você. Escrevo para expressar tamanho amor que talvez alguma parte eu consiga amar através das minhas palavras. O que sei é que o mundo agora me parece definitivamente pequeno para tanto.

Encontro o seu rosto como se encontrasse a minha expressão mais feliz. Aqui de cima mal posso compreender o que me encanta tanto aí embaixo. Deve ser tudo. Com certeza é tudo. Eu sei, é tudo! Não há o que me faria te adorar apenas em partes. Conheci e aprendi a amar o seu todo, que é a sua parte mais bonita. Dos seus olhos alcanço as falas do seu coração que nunca deixaram de me dizer sobre o seu bem e sua felicidade de viver. Do seu sorriso encontro a vida, plena e bonita, propondo ainda mais vida pra quem não resiste em sorrir com você. Das suas mãos encontro sempre a vontade de segurá-las e dos seus lábios você até pode imaginar…

Os ventos te trouxeram e eu só posso agradecer. Me concentro em tudo que acredito, e ali apenas entrego a minha certeza de que esses mesmos ventos sabem muito bem o que querem fazer. Eu apenas confio. Se tudo entre nós já foi, carrego a gratidão por uma vida. Mas se tudo entre nós será, a minha alma estará pronta pra te amar.

Depois do beijo

Não sei descrever o que é te ver depois do beijo. Quando nossos lábios desgrudam e lentamente nos afastamos até o ponto em que nossos olhos consigam se olhar, ali pareço navegar o céu inteiro. Encontro o seu rosto, e tudo que quero é te olhar. Preciso te olhar. E então fico bobo quase não acreditando que você acabou de me beijar. A paz sinceramente é inteira, e meu tempo já é outro. Meu corpo já é outro. Tudo em mim já é calma. O passado se desfaz, as preocupações se dissolvem e pareço aproveitar o tempo com sabedoria nesse silêncio. Posso perceber os meus olhos piscando, o ar entrando e minhas mãos ainda trêmulas pela energia de tê-la. Me sinto presente como em poucas oportunidades na vida, e é uma delícia estar inteiro ao seu lado.

Ainda sinto o toque dos nossos lábios e o interagir de nossas bocas. A vontade de te beijar de novo só aumenta, mas a vontade de não deixar o seu rosto também. Estou feliz, definitivamente feliz. E com vontade de não ir a lugar algum.

Vamos respirar isso

Não precisamos nos preocupar. Deixe as minhas mãos preencherem as suas e vamos respirar isso. Vamos respirar essa sensação de hoje. Deixe toda essa emoção entrar como quando chega uma brisa leve pra te acalmar. Algumas vezes fazemos ficar pesado aquilo que não temos certeza de como vai ser, mas essa é a hora de abrir a alma e deixar apenas o amor fazer o seu trabalho.

Tudo em nós sempre foi calma e detalhe. Sorríamos pelos pequenos gestos que víamos um no outro, brilhávamos os olhos pelas pequenas belezas que enxergávamos e muitas vezes não nos faltava nada pelo simples fato de estarmos. E como cada risada boba é gostosa, cada história contada é realmente ouvida e a vontade de estarmos juntos nem precisa ser narrada. Tudo em nós sempre foi e é calma e detalhe. Construímos algo nosso pelas belezas que admiramos um no outro, e eu duvido que algo assim não vá além do que qualquer medo que possamos imaginar. Temer é cuidar. Nosso medo é a vontade de não errar e apenas estamos cuidando do que somos.

Sei que o frio na barriga é como o inverno todo de uma só vez, e que é difícil o pensamento se desprender com o coração dizendo tanto. Sei que a partir de hoje nossos olhos conversarão de uma forma nova e que a sensação de ter ao lado sempre será de um primeiro encontro. Eu sei, eu sei... Também me assusta um pouco, mas me acalmo imediatamente por tudo isso ser com você. Já respiro mais leve, seguro as suas mãos com mais força e começo a acreditar que não há como dar errado quando queremos cuidar. Eu estou com você, confie em mim.

Estamos no caminho certo.

Não deixe tudo isso ir embora

Olha pra tudo isso, nem cabe em nossos dizeres. Você consegue lembrar desde quando somos o que somos? Eu não... Me lembro que foi a cada dia mais, mas impossível saber desde quando. Desde a primeira vez que passamos a existir um para o outro, eu diria. Não me esqueço e sei que nunca vou esquecer da primeira vez que te vi. E mesmo ali, de longe, entre pessoas passando na minha frente, alguma coisa me dizia que em ti existia um pouco de mim. Sabe lá o que são essas coisas... Mas eu já sentia e a vida só fez o favor de provar.

Quantas histórias, quantos dias e horas de duas pessoas que nunca pararam de se conhecer. E como poderíamos parar? Nós falamos a mesma língua do mundo. Aprendemos imensidões e sentimos mares. Nunca nos faltou coração e vontade de irmos além. Como crescemos... Aprendemos que o mundo que sabíamos tanto admirar poderia ser ainda maior e juntos fizemos em nossos horizontes caberem muito mais sonhos. Nunca foi preciso dizer, corações que se reconhecem se amam pelos detalhes, e os nossos se amaram por todos eles.

Em uma manhã recente acordei sem poder dizer que era só mais uma manhã. Parece que tudo de você que sempre me existiu acordou ao meu lado e nada mais poderia ser como um dia já foi. Meu bem, confesso que não tenho mais onde guardar e aqui te entrego tudo de mais sincero que a minha vida já viu existir. O amor me ganhou e confesso que quero ganhar com ele. Se tanto acredito que nunca senti sozinho e que nossas conversas mais sinceras foram sempre através do encontro dos nossos silêncios, por amor, não deixe tudo isso ir embora. Essa é a hora de tudo que sonhamos se tornar verdadeiramente real e provarmos ser possível viver tudo que sentimos no coração. Quero dispensar os pessimismos clichês, as ideias cansadas contra o amor e qualquer medo de falhar. Amar também é falhar, mas falhar tentando acertar. Quero mandar embora meu medo de ter medo, pois o medo sempre vai andar junto com o que te é importante. Quero apenas viver o que nos há, seja ao lado das estrelas, das chuvas, dos ventos ou de qualquer céu que nos abençoar.

Renascer

Renasci. Caminhei, senti e finalmente posso florir. Às vezes a primavera demora mais do que três estações pra chegar. Precisei viver esse inverno como nunca, e com todo meu coração, com essa minha fórma de só saber viver sentindo, fiz de mim o que merecia. As folhas já velhas foram soltas, os galhos já secos foram deixados e as cores mais fortes voltaram a fazer parte de quem sempre fui. A água nunca foi tão fresca, o vento, tão leve, e o amor, tão gostoso.

Como os acordes de Milton, a travessia foi necessária como só eu sei. Meu tempo, minhas dores, meus estados, meus caminhos... Precisei assistir a centenas de chuvas, me emocionar com centenas de nasceres e pores do sol, contar minha história para umas mil luas e respirar fundo todas as vezes. Compus, toquei, escrevi e atuei minhas mais preciosas sensações sem medo nenhum de me encontrar sozinho depois dos aplausos. Vivi quem fui e agora vivo quem finalmente voltei a ser.

A ti, que me fez florir tudo de novo, obrigado por sua luz. Minhas palavras voltam a olhar para o futuro e para você. O passado deixo ser apenas histórias que já tanto contei. Eu as guardarei. Faz parte de quem sou. Mas agora a luz vem da minha frente e é para lá que eu estou indo.

A primavera já está nos dando as mãos e tenho que ir. Me dê a sua, segure forte. O sorriso no rosto agora é todo nosso e as próximas estações também.

22 DE SETEMBRO
17H01
FIM DO INVERNO

PRIMAVERA

22 DE SETEMBRO
17H02

As nossas luzes e cores de dentro nos farão reconhecer a beleza das luzes e cores que encontrarmos.

Espírito leve

PRIMEIRO TEXTO DA PRIMAVERA

O coração bate calmo, o sorriso se faz leve como as flores que despertam e a alma segue flutuando entre o que é paz. A plenitude invade e nunca pôde se sentir vida como agora. Há voltas que são para voltar. Mas jamais voltamos os mesmos. Vamos distantes, esperançosos e contentes com a ideia de sorrir com a alma. Mas talvez essas voltas todas sejam mesmo para nos fazer voltar. Voltamos. Somos outros, mas voltamos. E então vemos como a paz de existir bem mora em qualquer lugar que estivermos prontos para realmente viver.

Aqui, entre a paz que encontro, apenas posso sentir a gratidão pela vida. Sei que palavras assim parecem dizer sobre um momento inspirado, uma pausa de respiro entre a bagunça de nossas confusões. Mas a ideia é não ser, é poder se sentir assim, de espírito leve, constante. O segredo? Não há. Tudo está no simples. O amor simples, a generosidade simples, o carinho e o abraço simples que dedicam imensidões com o toque. Insistimos tanto em buscar e criar fórmulas para esse bem todo. Mas ele já existe, agora e em nós. Cada um tem suas quantidades de camadas criadas por cima do que já te foi mais puro. A intenção sempre foi boa, eu sei. Mas chegam os medos, as descoragens, os desafios que não vencemos e as incertezas do que vem pela frente. E daí seguimos para outros caminhos, com outras tentativas, algumas coragens renovadas e um sorriso sustentado por um coração que sabe aonde quer chegar. E se ainda não foi dessa vez, seguimos para outros, outros, outros e outros... É instinto dos corações sonhadores não desistir dos seus caminhos. E, às vezes, mesmo encontrando um lugar quentinho pra descansar, as camadas ainda estão lá e te impedem de ver a pureza plena que seu coração sempre soube carregar. Quem nunca se sentiu bem, mas inexplicavelmente preocupado em não deixar isso escapar? Ora, tá tudo tão bem, pra que se preocupar? Pois é, a vida te fez sentir muita coisa e algumas insistem em morar por aí. É por isso que gosto de me lembrar criança. Lá, mora com exatidão o coração de pureza plena que um dia já me comandou tão bem. Esperança máxima, otimismo invencível e um amor que não me impediria de viver o que eu quisesse para ser feliz. É esse peito de espírito leve que aprendi a voltar a viver.

Vejo o Sol atravessando os espaços entre as folhas como se pequenos fragmentos de luz sobrevoassem e preenchessem o que pudessem. O vento faz desde uma pequena folha dançar, e as flores, que já se apropriam das suas cores mais sinceras, acompanham um balançar que me diz muito sobre o ritmo certo da vida. O céu se faz bem-vindo independentemente do tempo que faça hoje e eu estou feliz por aqui.

Nós e o mundo

Nós de frente pro mundo fazemos um mundo de muito mais vida nos alcançar. Vejo logo pelas cores e pelas temperaturas que me chegam. Ao seu lado — de alma, corpo ou os dois —, tudo que há de mais belo se apresenta ainda mais bonito.

Reconhecemos as coisas belas em seus instantes. Talvez porque juntos somos inteiros, essa beleza toda, e logo nos encaixa com facilidade nos olhos o colorido que a vida tem. Imagino em passeios curtos e longos o destino de nossos próximos passos. É quase irresistível pensar sobre o que está por vir já sentindo tanta vontade de sorrir pelo agora, mas me acalmo. Olho para o lado e me acalmo em mais um lindo instante. O hoje, com nosso dom de reconhecer espaços de sorrisos, me faz morar em um espaço-tempo de certeza plena da felicidade de que não posso deixar passar nem um segundo. É o nosso agora. É o nosso todo mergulhado na certeza deliciosa do nosso agora. Sinto o presente, agradeço o presente e as cores parecem ainda mais fortes.

As montanhas ganham tamanho, as folhas fazem lindos voos, os ventos correm no mesmo ritmo do coração e os galhos acenam sem timidez alguma. As risadas são de vibrar a alma e os olhares transmitem luz. Por onde passamos entendemos cada vez mais que em todo lugar há cor. Às vezes não vemos, não percebemos, mas há. E é exatamente aí que entra a nossa relação com o mundo. Juntos nós vemos. Juntos nós sempre vemos. E digo mais, juntos nós ajudamos a colorir tudo um pouquinho mais. É como se voltássemos à nossa natureza, ao nosso instinto de amar e ser amor por todo canto. Nos tornamos sensíveis ao que vale a pena, e já por isso sorrisos de rosto e coração não nos faltam nunca.

Reconhecer as coisas belas em seus instantes é o que nos faz fortes. Não esperamos o vento passar para depois navegarmos, nós o pegamos na hora. Não sentimos depois ou quando tudo já se foi, aprendemos a estar dentro da beleza em seu instante. Sentimos tudo quando nossos olhares se cruzam, deixamos nossas bocas navegarem à vontade quando se encontram e permitimos que abraços durem o tempo que quisermos. Sentir o calor da pele um do outro, ver os olhos delicados já piscando lentos pelo sono chegando, a velocidade da respiração sentida quando me encosta, são todas imensidões que vivemos em seus instantes. E as cores das flores seguem vibrando, as luzes do céu nos abraçando, as risadas ecoando, o bem sendo visto em inúmeras cenas e o amor sempre ganhando. Por isso, assim somos nós, corações abraçados que por saberem se abraçar se permitem sentir e viver juntos toda a beleza que há.

Simples

Tudo que amo de ti é simples. Penso em você para escrever e imediatamente já te amo tanto... Te amo assim, com a pureza e delicadeza que o amor tem. Meus desejos nesse amor não falam nada que não seja possível apenas te amando. Quero correr e te abraçar como se nunca tivesse feito, quero fechar os olhos no caminho da sua boca e sentir o mundo nos lábios quando te encontrarem. Quero poder te olhar pelo amor de te olhar e desejo estar ali, somente estar, porque por estarmos o amor inteiro também estará.

Quero ouvir sua voz me contando todas as histórias sem importar o tempo ou a distância que isso vá levar. Quero suas mãos acompanhadas da sua fala me desenhando o que você quer dizer e depois eu as quero, só pra mim, me esquentando por onde me amam e provando que o amor também é toque. Quero seu sorriso nascente de luz e essa paz toda que nasce do seu jeito.

Queria poder descrever o que é olhar e poder te ver. Se meu coração pudesse dizer, provavelmente, nunca se calaria, mas bate, contínuo e alegre, e aqui sei que é sobre te ver. Meus olhos provavelmente te dizem brilhando, e alguma luz a mais deve nascer de todo o meu eu. Sei que minhas mãos estremecem e meus gestos e falas partem um segundo mais tarde, mas é tempo que uso irresistivelmente para te olhar antes do que tiver que falar ou fazer. Nossas conversas parecem sempre combinadas e as risadas parecem mais dizer sobre um ótimo dia, mas nós sabemos que é sempre assim. Somos assim. Simples.

De longe, em sua ausência, coloco toda sua presença dentro de mim. Você já sentiu que as estrelas moram dentro de você? Pois é como te sinto. Há um arrepio no coração, uma espécie de sorriso da alma, um abraço por dentro que me completa e deixa quente. É como se o céu se tornasse possível a um passo. Na verdade, o céu passa a ser aqui dentro e as estrelas, que são as suas luzes, passeiam sem fim em tudo que sou.

Às vezes demoramos para entender o que é o amor, mas eu entendo assim, na simplicidade que há você. É um segundo de olhar, duas mãos que se abraçam, lábios que se entregam e corações que parecem voar. É sentir a sua pele na minha e sentir que dizemos nos amar sem mensurar uma palavra. É sentir que o silêncio basta, mas que dizer também é bom. É amar com gestos, beijos e hora, se necessário, silêncio. É o coração gritar de amor e mesmo sem saber explicar, ter certeza do que é. É dedicar o que tem de mais valioso a alguém e entender que o tempo por ali é sempre o melhor tempo que você pode viver. É sentir em tudo que você existe que o amor existe e não temer o medo, não temer o risco, porque quando se sente amor só se sente a possibilidade de amar.

Será

Será. Não importa o que vier. Será. E será tanto que mal posso dizer o quanto já sinto saudade do que ainda está para ser. Sinto saudade porque me é vivo. Tão vivo que pareço já ter vivido... Mas é apenas um dos sinais que me dizem, me fazendo sentir na alma, o que está para ser — ou talvez já seja.

Para traduzir minha certeza, me apego no coração. Sei lá quais são as variáveis certas, as possibilidades exatas e as combinações certeiras. O que sei é que uma energia, um amor, uma emoção que as palavras não alcançam, me diz com um sentimento que transborda o que vamos viver. E os passeios são lindos...

Resgato tantas serenidades entre nós que só de lembrar a alma já começa a descansar. São minutos, segundos, milésimos de um gatilho de paz que me faz paz por horas, dias e talvez sempre. É como se todas as vezes que nos encontrássemos eu levasse seu perfume por onde fosse. Levo seus gostos, seu bem, seus sentidos mais plenos e até o seu olhar para as coisas bonitas. Logo tudo isso já me morava, e só de te lembrar, de te trazer para a memória do coração, eu já me sinto cheio de todas as suas coisas belas.

Talvez só um acorde doce e certeiro de um violão por aí conseguisse ser minha voz nesse momento. Ainda que fale sobre certeza, no fundo, é o amor sem fim abraçando tudo que sinto quando penso em você. Talvez não haja certeza, mas haja um coração que não pode acreditar que as coisas mais belas que já sentiu não tenham nascido pra viver.

Por isso, desculpa a correria em dizer. Desculpa a ousadia da afirmação no título deste texto e me desculpe por ter demorado tanto para afirmar olhando nos seus olhos, mas a primavera realmente é sua. E hoje, naquele instante, ao te olhar com tanta certeza, entendi que todas as estações desde a primeira vez que te vi nunca deixaram de te pertencer. Carregam seu perfume em todas as estações, trazem a sua paz quando o tempo pede sossego, colocam a sua maneira linda de ver a vida na frente do que for e te fazem meu sorriso em todas as vezes que o coração pede.

Hoje meu coração pediu, sorriu e finalmente soube te amar.

Sem olhar pra trás

Estou aqui com tudo que sou. Estou de frente a ti, ofegante, certeiro e destemido. O que quero abraçar é o que meu coração há tanto me fala, e aqui estou. Corri pra te alcançar porque entendi que não poderia deixar nem mais um dia de vida existir sem dedicar aos seus olhos o meu olhar mais feliz. E ainda que minhas mãos tremam, que meus lábios estejam secos pela correria e nervoso de chegar, aqui ainda é o melhor lugar em que eu poderia estar.

Em meus passados as histórias bonitas me fizeram ser quem sou. Se por lá existiram lágrimas e por vezes me trouxeram a dúvida do que é bonito sentir, ainda assim me fizeram quem sou. E se em seus passados também houve lágrimas e por vezes te trouxeram a dúvida do que é bonito sentir, te proponho o abraço do meu coração com o teu. Te desejo assim, do jeitinho que és, porque tua história te fez ser quem és e é quem és que há tanto sinto viver por dentro.

Talvez minhas preocupações todas até chegar aqui falassem sobre cuidado, mas agora elas se foram. Ao te dizer, ao sentir as minhas mãos nas suas ainda que não estivessem, entendi que nada jamais seria maior do que é sentido com o amor e verdade do peito. E por isso agora o coração já bate mais tranquilo, porque talvez ele tenha entendido que estar aqui, agora e sorrindo, seja o único jeito possível de te entregar as estrelas do céu que carrega.

Peço para que não me entenda com pressa, as coisas mais fortes e bonitas da vida são raramente feitas do que não é calma, impulso sim.

Impulso de desistir, de voltar pra trás e continuar correndo. Mas quando cheguei já sabia que tudo falava sobre calma. Quero que possamos respirar sabendo que estamos respirando. Que nossos corações possam bater por tudo que sentirem e quiserem. E, assim, com paz nos nossos sentidos de dentro, talvez estrelas minhas e tuas possam formar um céu todo nosso.

A primavera está linda.

Já sinto saudade

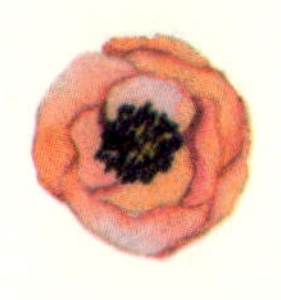

Quero dizer que já sinto saudade de você. Ainda que saiba que te vejo em breve, já já, daqui a pouquinho, essa sensação definida em uma palavra me invade como poucas vezes no mundo. Imagina então quando não sei... Ou quando sei, mas também sei que vai mais algum tempo. Aí, na verdade, é quando não sei como sentir tanto, e em mim só há a vontade de sair correndo pra onde for, desde que eu encontre você.

Me impressiona como meu coração consegue fazer os seus detalhes tão presentes. Não quero aqui comparar com a verdade de quando você chega, mas praticamente te sinto me beijar a boca só com as pulsações do peito. Sinto suas digitais deslizando sobre a minha pele, seu perfume gostoso a qualquer hora do dia me atravessando inteiro, sua expressão inteira de sorriso comparável a uma estrela e cada pétala de flor que você parece soltar sobre as minhas mãos a cada vez que me olha sereno. É teu jeito. Você é a calma, é o tom aveludado da pétala, é o silêncio e a voz exata quando preciso. Logo vejo que me poetizo todo pra te descrever, mas não é nada de mais. Na verdade, estou lendo a poesia que é, e te ler é uma das maiores delícias da vida.

Meu mundo

Só quero dizer que você virou o meu mundo. Tudo que já havia sentido e imaginado sobre meus horizontes se transformou, assim como depois de um desses atos de coragem ou depois de viver algo com gosto de inesperado, mesmo sempre tendo esperado por isso. Sua chegada me tem esse efeito. Traz a sensação de conseguir sentir e ver infinitos mais do que antes, ampliando o amor do peito, o brilho dos olhos e a gratidão que sinto aqui dentro.

O que sinto é comparável com o divino. A sensação do inexplicável que me alcança, a vontade de ir à frente que me chama e a infinita sensação de estar bem que me mora. Aliás, jamais ousaria duvidar que sentimentos tão imensos não pertencem ao que é realmente divino. Aqui concretizo o que é o amor, ainda que absolutamente subjetivo, mas também absolutamente sentido com cada parte do que sou.

Te ver dentro de mim me propõe apenas uma ideia, a de ser feliz com a maior pureza a que uma felicidade pode chegar. Quero que nos façamos bem com a mesma simplicidade que um nascer do sol faz. Com paz, calma, com a alma leve, mãos agarradas e coração cheio. Quero nossos olhos se amando e nossos corações se respeitando como se tivéssemos trocado e abrigássemos a partir de agora o coração um do outro dentro de nós. Devemos ser abrigo para todas as estrelas do céu que formamos juntos. Devemos ser amor. Só amor. Divino. Sempre. Infinito. E contínuo

Não é difícil

Não é difícil abraçar nossas mãos uma na outra. Aliás, de alguma forma elas já estão absolutamente juntas. Quanto mais nos sentimos, mais agarradas elas ficam. Todos os nossos gestos, sensações, olhares mais preciosos e sorrisos dedicados dizem muito sobre já estarmos com as mãos entrelaçadas.

Sinto nosso peito como um abraço, como algo único, assim, no singular. E nos sinto, agora no plural, como dois encontros exatos. Duas possibilidades infinitas que na possibilidade de se cruzarem e seguirem preferem ficar. Haja coragem para ficar sendo tão mais fáceis as ausências dos medos. Mas os medos dizem sobre estar de frente para o que te importa. Plurais que se tornam singular com o amor, mas sem jamais deixarem de ser dois. A beleza é essa. É transformar o melhor e o pior de cada um em amor, apenas amor, assim, como uma coisa só, única e sempre, para nós dois.

Escrevo apenas a fim de dizer que nada vai ser difícil se existir esse amor. Que nossas mãos estão juntas, agarradas e inseparáveis desde o dia em que sorrimos em um mesmo tempo e com a mesma emoção. Ali provavelmente algum colorido existiu a nossa volta, porque não sabíamos ser mais nada além do sorriso um do outro. Ali, sem movermos um passo, nos beijamos, nos abraçamos, nos cuidamos e amamos. Fomos plurais lindos construindo o nosso singular.

Se esses medos nos chegam com alguma força, é o nosso mais bonito sinal de cuidado. Cuidado com a nossa história, com o que já somos e com cada lembrança gostosa que já colecionamos de nós dois. Mas há uma felicidade por dentro que sossega. Uma espécie de conforto, de carinho sentido dentro do coração, o nosso beijo e abraço sendo vivido lá dentro, eu diria. E perante essa força, não há maior. Junto ao amor, só há o amar.

Amanhecer

Meus olhos despertam e imediatamente sinto o coração vibrando. Ele não se pôs essa noite. E nem tem se posto. Acordo com o brilho da vida, o brilho da felicidade, a paz de estar tudo bem e a calma que só um amor traz. É o efeito de te carregar dentro dele.

Talvez a melhor hora do dia seja acordar. Acordar e perceber tudo que à minha vida pertence, todas as minhas sinceras vontades de sorrisos, todos os arrepios sentidos no coração, e perceber que todos eles de alguma forma passam por você. É ter a vida e entender por que vale a pena ela existir. São carinhos nossos, feitos pelas mãos ou pelas lembranças que temos. São luzes invisíveis que parecemos ter lindamente acesas por dentro. Na verdade, nem tão invisíveis assim, já que nossos olhares e sorrisos são mais bonitos depois que nos conhecemos.

Amanhecer em estado de você é amanhecer abraçado. Queria conseguir descrever com exatidão o que sinto, mas a única coisa que consigo é comparar a abraços, beijos, carinhos e a essas coisas que são impossíveis de descrever em exato. Ao mesmo tempo, isso me significa e talvez descreva com exatidão o que é gostar de você. É só saber descrever através das coisas bonitas do mundo. O peito encostado de um abraço, os lábios à vontade e apaixonados de um beijo, o carinho sereno já depois da meia-noite, isso é como eu te gosto. E talvez, ao acordar, seja tudo isso que eu sinta e me faça ter tanta vida. Talvez, ao acordar, independente de tantas coisas que eu tenha pra lutar, a luta maior seja alcançar o final do dia e ter aproveitado ao máximo as oportunidades de te amar. Se distante, vivendo a impossibilidade de te ter longe do peito. Se de perto, vivendo em cada gesto todo o amor que sinto a qualquer distância.

Deixa pra lá

Deixa pra lá, meu bem… Deixa… Há amor aqui suficiente para todos os sonhos que colecionamos desde crianças. Sei que o coração se assusta com chegadas assim, mas no fundo tudo está falando sobre o nosso amor. Tenho sonhado em segurar as suas mãos desde esses sonhos de pequeno, só ainda não sabia que seriam as suas. Mas desde que descobri não abro mão de te escrever, te sentir, te pensar, e minha proposta insiste em deixar todo o resto pra lá. Se você colocar a sua mão na minha, você vai ver como encaixa.

Percebo que todos os dias até aqui me ensinaram a te amar. Olho pra trás e assisto a cada lição que me chegou e me ensinou um pouco mais sobre a vida. Seria um erro questionar qualquer história que você ou eu tenhamos vivido. Tudo que já nos aconteceu, desde os choros cansados até os felizes, de alguma forma nos fizeram navegar pela vida até aqui. Até essa hora, esse dia, esse momento. E eu não trocaria estar aqui nem pela ausência de todos os momentos difíceis da minha história, porque estar aqui é o resultado de tudo que me arrisquei viver. E como é bom ver que esse resultado é um encontro com você. E, sabe, nunca fui de arriscar sem o coração. Então, estar aqui arriscando um beijo ou a ideia de uma vida inteira juntos é mais uma vez um ato do meu peito.

Quanto cuidado em pensar… E isso é bonito. Tenho sentido que ficarmos juntos pode proporcionar tantos momentos raros que até me assusta. Me faz querer ter o domínio de cada piscar de olhos, como se qualquer movimento, cada respiração e emoção tivessem que ser exatos e cuidadosos conosco. Ao mesmo tempo, quando penso no amor, me desfaço de qualquer movimento que não seja natural. Queremos cuidar sim, mas a condição de um amor saudável é exatamente amar por tudo que encontramos um no outro. E pensando em você, realmente não quero te amar diferente de nada do que você já é.

Esse gostar tanto de você é sobre todas essas coisas. Todas as suas confusões, receios, medos e coragens. É sobre seus erros e acertos. É sobre seus dias cansados e descansados — te gosto em todos eles. Não há muita explicação, mas às vezes a gente encontra alguém que faz tudo fazer sentido. E quando a gente encontra, ainda sem querer encontrar muita explicação, a gente só quer dividir a vida. E, sinceramente, dividir a vida com alguém me parece o ato de coragem mais apaixonado do mundo.

Uma madrugada com saudade de você

Meu amor, só quero poder dizer o quanto tô sentindo saudade de você por aqui. Simples assim. Uma saudade que todos já devem ter sentido uma vez na vida e eu estou sentindo por você. Não há poesia maior que eu possa escrever além dos versos de sentir uma saudade. Essas são poesias sem palavras, feitas das emoções que me inundam, e escrever é minha forma mais sincera de traduzir o coração na sua ausência. Porque, se aqui estivesse, eu contaria a minha saudade para os seus lábios e te dedicaria o carinho mais entregue e absoluto que cada parte de mim pudesse te dar.

Ainda que sentir tudo isso seja sobre te amar, ao escrever consigo transformar a dor da saudade na felicidade de sentir tanto. Aliás, minha saudade é grande por isso. Confesso sentir falta de te olhar, confesso sentir falta de te escutar e confesso a falta que faz cada risada gostosa nossa. Confesso todas as faltas que existem quando você não está. E talvez o segredo seja esse, reconhecer as faltas e a imensa saudade que me chega, porque ao reconhecê-las eu estarei sempre reconhecendo o tamanho do amor que me mora por você.

Instantes

Tenho aprendido a reconhecer os instantes bonitos da vida. São estrelas. É olhar para o céu de tudo que viveu e encontrar os pontos brilhantes que contam a sua história. Aprendi que os instantes preciosos nunca serão exatamente como nós imaginamos, mas aprendi também que muitos deles só acontecem quando fazemos ser possível que aconteçam.

Eu estou falando sobre correr e mergulhar no que o coração está gritando. Assim, sem um porquê ou estratégias certas, é só coração. Se instantes são memórias do peito, só ele mesmo pra te fazer viver todos que puder. E na hora, na hora que você reconhecer que está em um instante raro da vida, não se preocupe. Se você chegou até ele sentindo, viva-o sentindo também. Provavelmente se tornará uma estrela no céu da sua história.

Não esqueça de reconhecer os instantes que chegam como presentes da vida. Aqueles que passam na nossa frente como o vento, mas que com um toque de coração são sentidos como abraços. As cenas bonitas que nos chegam aos olhos, a música de dedilhado bonito que de repente tocou, as descobertas gostosas que às vezes temos com o coração e cada vez que um sorriso, antes de alcançar a boca, é sorrido por dentro. Só aí já moram instantes pra uma vida inteira.

Os instantes ecoam, por mais rápidos que possam ser, eles ficam. Na verdade, parecem até nunca terem chegado ao fim. As emoções continuam, as palavras e os silêncios são escutados e cada mínimo detalhe que fez o seu coração vibrar ainda vive aí por dentro. E devagar a nossa vida vai sendo contada em tom de quem realmente viveu o que era pra ser seu e não há sensação melhor do que olhar pro seu céu e ver as constelações de sorrisos que você viveu.

De tardezinha

Há uma cena simples que tem feito parte dos meus pensamentos com você. É de uma tardezinha, deitados na grama de um parque por aí. Talvez eu um pouco mais encostado pra te enxergar no meu colo, passando meus dedos entre o seu cabelo e ora pelo seu rosto sem saber se minhas mãos estão te fazendo carinho ou o seu rosto está acariciando as minhas mãos. O dia é de sol, o céu, de azul, e nós estamos na sombra da árvore em que encostei. Ao longe algumas nuvens atravessam, algumas alcançam o Sol e variam a luz com algumas sombras. As mais distantes ameaçam chuva, afinal, é quase verão. Mas não há problema. Talvez mais tarde as primeiras gotas caiam, mas ainda existirá sol e nós nem vamos querer correr.

Enquanto estamos deitados, falamos das coisas que nos são importantes na vida. Compartilhamos os nossos próximos planos e de alguma forma o nosso tom diz que iríamos gostar de ter um ao outro quando eles chegassem. Dividimos as nossas ideias, nossos sonhos de vida e tudo que dizemos parece de alguma forma completar a fala do outro. O nosso silêncio ali também é bonito. São os momentos em que só sentimos, que olhamos pro céu, que olhamos pra nós, e enquanto isso as minhas mãos continuam na dúvida se estão recebendo ou fazendo carinho. As suas também ora brincam com as folhas espalhadas pelo chão, ora descansam sobre mim. O amor realmente tem a ver com a paz, e é incrível como está tudo absolutamente bem.

A sensação de aproveitar o tempo da melhor maneira possível nunca poderia ser tão absoluta como nesse momento. Parece que fazemos parte de tudo; de nós mesmos, um do outro, do céu, do vento que nos abraça, do carinho que trocamos e de todas as emoções que nos atravessam da alma ao coração. Sentimos, mais do que em qualquer outro momento da vida, o quanto a vida mora no simples. Porque no simples o coração fala solto, e é aí que nós dizemos tanto sobre nós.

Essa cena simples tem feito parte dos meus pensamentos com você. Se eu tiver que responder o porquê ou o que me faz pensar exatamente assim, eu não saberei dizer. Confesso que, ainda que escritor, mais sinto do que posso dizer. Mas diria que são emoções que passam por aí, por essa junção de momentos que me fazem sentir o que é divino. Partindo só de uma cena, são apenas mãos se encostando, corpos se ajeitando, um tom de voz baixo e expressões simpáticas. Partindo do coração, são carinhos, encontros, almas se encostando, corações se ajeitando, a paz em toda nossa alma e expressões inevitavelmente felizes. Partindo do coração, partindo dele para dizer, é amor. E é exatamente por isso que eu tenho pensado tanto…

O nosso tempo

Meu bem, façamos assim, então, juntamos o seu tempo com o meu e fazemos um tempo nosso. Não há pressa, não é preciso tê-la. Se for pra ficarmos juntos, serei grato e feliz por cada tempo necessário pra isso. Façamos da nossa calma o nosso talento e do nosso cuidado a nossa principal virtude da vida. Construiremos apenas o que nos fizer bem e não nos preocuparemos com muitos certos e errados. Aprenderemos tudo juntos... E errando ou acertando, ainda estaremos construindo o que for pra ser nosso.

Você já reparou como os nossos encontros são beijos? E não precisamos nem nos encostar. Essa é a nossa calma de nos sentirmos e nos percebermos como um todo. A cada encontro, te sinto com um abraço, com um pegar nas mãos, com um beijo... De fato, a minha alma talvez esteja fazendo tudo isso, mas não há como eu não sorrir ao perceber que só de existirmos na vida um do outro conseguimos viver inúmeras raridades que não se veem mais por aí. Por isso proponho um tempo todo nosso, porque sei que funcionamos assim. Cada detalhe que construímos juntos nasceu das pequenas luzes que dedicamos um ao outro. Os pequenos cuidados, os pequenos favores, o carinho revestido de alguma frase antes de dormir e o simples olhar verdadeiro falando sobre alguma felicidade que não sabíamos nomear.

Talvez tenhamos começado a fase mais cuidadosa e gostosa de tudo isso. A hora em que o coração vira mar e em todo o seu movimento não esconde a sua imensidão. É quando somos ondas um sobre o outro, entregando e abraçando tudo que somos. O medo existe, afinal, estamos falando de cuidado. Mas é apenas a prova do quanto queremos fazer tudo dar certo. E com o nosso tempo, faremos. Porque quando há o encontro de dois corações que se recebem e se cuidam como um primeiro beijo, há o encontro de dois corações que não poderiam viver sem se encontrar.

Sinta tudo que quiser

Quase como um reencontro consigo mesma, eu te digo: sinta tudo que quiser. Perca o medo de sentir e não seja nenhuma imensidão a menos do que você já é. Um coração não pode nunca se limitar a sentir menos do que pode, porque o coração existe justamente para nos mostrar aonde podemos chegar. E quando nos seguramos, quando achamos que o que sentimos é muito para o que devemos viver, simplesmente deixamos pra lá a chance de viver instantes maiores do que poderíamos imaginar.

Não tente adivinhar o que alguma outra pessoa pensa. Ainda que seja quem você ama, ainda que seja com quem você tem vontade de se dividir, não se preocupe com essa de sentir com cuidado. Na maioria das vezes, tentamos agir e sentir sempre pensando na melhor forma de fazer tudo se encaixar e se encontrar como nas grandes histórias dos filmes. Mas nem os filmes podem ser tão belos como nas histórias reais de quem sente tudo que pode. Quero dizer que há o seu risco. Não posso afirmar que em todas as vezes sentir tudo signifique jamais sofrer. Mas posso afirmar que sentir tudo sempre significará a sua melhor forma de viver. Não sentimos nada que não seja possível.

Quando bater o medo, não se assuste. É realmente difícil mostrar pra alguém, e às vezes pra si mesma, o quanto te existe. São corações falando, e eles sempre falam distantes de tudo que aprendemos pra nos defender. Mas talvez a lição seja essa, confiar que o que ainda é sincero e puro possa te guiar para o melhor. Porque não podemos deixar que aquilo que nos faz o coração arrepiar não seja vivido por qualquer medo de não acertar. Nós sentimos para ser muito.

O seu perfume

Me desculpe, mas a primavera não poderia acabar sem eu falar do seu perfume. É verdade que em todas as estações eu o senti, mas me parece fazer sentido usar dessa estação pra dizer. Na verdade, percebo que querer dizer sobre ele está longe de dizer apenas o quanto é bom, mas sim a felicidade que me traz senti-lo e entender que você chegou.

Na verdade, é sobre isso, é sobre as suas chegadas. De longe, só de saber ou quando vejo que já vai chegar, o coração já diz tanto que eu nem consigo parar pra entender. Deixo ele falar, se mexer, se virar, e quando de fato você chega, bom, não há poesia que conte o que é esse momento. E enquanto te olho, te sorrio e te gosto, com todas as minhas expressões, sinto teu perfume me chegando como um vento e, ali, definitivamente, não faço questão de entender mais nada.

É claro que o amor que eu sinto no coração multiplica tudo isso, mas é apenas porque te admiro em todos os seus sentidos. Desse mesmo jeito, diria que igualmente é a felicidade de ouvir a sua voz, de dar mais uma risada, de dividirmos mais uma história, rirmos de novo e sentirmos que a nossa presença nos faz algum bem. É quase como agradecer à vida pelo nosso encontro. É pensar em todas as decisões que te fizeram estar ali e sentir medo só de imaginar se tivesse sido diferente. É a gratidão desde todo o início, desde o primeiro instante em que te vi chegar pela primeira vez.

Nas nossas despedidas, não deixo de sentir tanto. Aliás, por vezes sinto até mais. Se o amor já multiplica o que sinto, imagina então coberto de saudade. Ali, levo o que posso de você comigo. O coração vai cheio. E ao sentir o seu perfume no beijo ou no abraço da despedida, quase não vou. Mas mesmo indo, mesmo me despedindo e te prometendo um até já, as coisas belas de você me ficam. E eu deixo o que eu sinto de verdade pra você levar.

Me dê a mão

Olha, meu bem, a minha única vontade é poder dividir um pouco dessa vida com você. Eu não quero me importar muito com o depois. Eu não quero que a gente pense agora. A gente pensa depois... Dá pra ver nos nossos olhos o quanto queremos largar tudo e nos beijarmos agora, então não vamos deixar o que é tão lindo passar. Não é justo com esses nossos olhos que se beijam há tempos. Se minha mão treme, meu coração dispara e sinto a minha alma se declarando é porque eu não poderia estar em nenhum outro momento e em nenhum outro lugar. O meu momento é esse, o meu coração é esse e isso é tudo que eu sei te entregar.

Sei que alguns textos atrás eu disse que as coisas mais fortes e bonitas da vida são raramente feitas do que não é calma, e de fato o amor que eu sinto, ainda que nesse momento acelerado, é calma e paz em todo instante. Mas agora me permita mais uma exceção e um novo impulso, porque as coisas mais fortes e bonitas da vida também são raramente feitas do que não é coragem. O depois a gente vai descobrir, mas o agora nós já sabemos.

Obrigado pela primavera

A vontade é de chorar. Não há como conseguir dizer o que é ter alguém para sentir tanto. Cada texto desse, cada palavra e frase composta me fizeram sorrir como raramente o coração já viu. Me lembro de cada cena, cada presença, cada vez que seus olhos me olharam e por dentro nascia uma primavera nova. Sou grato absolutamente por tudo. Por me ouvir, por me dizer, por me abraçar e permitir que as nossas risadas continuassem. O que sempre tivemos de melhor nós já conquistamos há tempos, e nada vai se perder independentemente do que aconteça em todas as próximas estações.

Eu apenas quero te dizer algo, definitivo e simples como tudo que já disse: te levarei pra toda a vida. E não falo isso como um gesto de amor no futuro, mas como um gesto de amor presente por tudo que vivemos até aqui. Você me proporcionou sorrisos pra nunca mais te ter fora do coração.

VERÃO

21 DE DEZEMBRO
13H28

Nunca sabemos o que virá,
mas sabemos o que somos. Em momentos
tristes ou felizes, temos sempre a nós mesmos.
E é no nosso íntimo que mora tudo
que precisamos.

Não vi nada que não fosse amor

PRIMEIRO TEXTO DO VERÃO

Há uma luz em mim que só acende quando você chega. Não são seus passos, seus sorrisos, seus olhos que sorriem juntos nem sua expressão séria, que é mais linda que sorrisos por aí. Não são seus traços, seu humor, suas risadas do coração e a paz do seu mundo. É você. É toda você. Do jeitinho que é e cada vez mais você. Amor não se explica, não é? A gente ama tudo, e ontem eu não vi nada que não fosse amor.

Quando ouvi a sua voz, antes mesmo de te olhar feliz, por dentro mais uma vez eu soube. O meu caminho tem que ter a sua vida. E então, quando te olhei, a vida me sussurrou lá no coração: é ela mesma.

Por todo o tempo queria as minhas mãos segurando as suas. Enquanto dirigia, queria pegá-las, trazê-las pra mim, dar um beijo que dissesse o que é te ter ao lado e sorrir inteiro por dentro. Queria segurá-las enquanto andávamos, talvez te salvando de algum tropeço, do chão cheio de pedras, ou talvez você me derrubasse junto e tudo bem, estaríamos juntos. Queria segurá-las no final da festa, eu já cansado, sentado, e você do meu lado, infinitamente animada, cantando, dançando e, por ora, sua mão ali em mim, no meu rosto, no meu ombro, quase só para dizer que estava ali. Queria segurá-las no tchau, já com saudade, sem saber quando te veria, e na hora de te dar um beijo as apertaria forte, quase como um pedido pro tempo não passar e me deixar ali, só me deixar ali.

Ao longo da noite, enquanto te olhava, as minhas expressões refletiam as suas. Quando você sorri, não há nada em mim que também não queira. Quando ri, quero rir inteiro também. Talvez eu nem saiba o motivo da risada, mas como é bom te ver rindo... No seu rosto não falta calma. E me acalmo. E respiro mais leve do que todas as horas anteriores. E continuo através dos meus traços dizendo tudo que me cabe.

Obrigado pela noite, foi bom te encontrar. Não te contei, mas estava com saudade. Não segurei as suas mãos e não te beijei, mas há momentos que conseguem ser como beijos. Estivemos juntos e não há nada que fizesse o coração mais feliz. Levarei o último instante do nosso último olhar até a próxima vez que nos encontrarmos. E lá te esperarei com uma nova saudade. Do jeitinho que é e cada vez mais você. E quando eu te olhar e a vida quiser me sussurrar de novo, dessa vez o coração já responderá antes: eu sei, só pode e sempre será ela.

Voe

Você sabe, você nasceu pra voar. Está nos seus olhos. E quem sabe ler o seu coração sabe mais ainda. Aliás, vem tudo de lá, não é? Nunca te vi não ser coração. Dom de Deus, dom da vida e talvez também meu de reconhecer e poder escrever parte deste livro com o desejo de te ver voar ainda mais.

Se seu dom é ser coração, completo dizendo que ele é do tamanho de quantas vidas precisarem de ti. Seu dom é cuidar, é amar, é ser vida onde já se pensava não ter mais pulso. Pulso da alma, pulso da vida, você se torna os batimentos da felicidade de quem te vê chegar. E que sorte de todos... Antes de você havia quem pensasse que estar vivo significasse apenas o coração bater, até descobrirem contigo que a alma também pode sorrir.

Você vai aonde quiser ir e isso de alguma forma parece já estar escrito. Quando te ouço, quando você fala do seu dia, das histórias cheias de risada, dos planos de família pro futuro, sobre se mudar ou viajar o mundo, o seu jeitinho já diz o quanto você vai aonde quiser, não me pergunte como. Parece uma conversa entre as nossas almas, entre os nossos corações, onde tudo é sentido e vive certezas que só o que é de dentro sabe explicar, assim como a felicidade que sinto ao te ouvir sabendo que você vai alcançar.

Na verdade, há bem mais que diga além das vozes de dentro. Te acho linda correndo tão atrás do que te faz vida. Seus estudos, seu trabalho, o seu olhar pra cima de gratidão e a estrela que carrega no rosto, também chamado de seu sorriso. Nunca te vi não brilhando. Aonde chega é luz. Jeito seu de ser vida por onde passa... E como isso acende vidas por aí. A minha mesma, mesmo se já iluminada, aprende a ser um pouquinho mais luz do seu lado. Por isso dizer que sua presença faz céu me é tão natural, me sinto entre as estrelas do seu lado.

Há ainda algo que não sei explicar o quanto me faz te admirar... Você nunca deixa de ser quem é. Os seus sonhos estão aí, a sua forma de sentir a vida não sai do seu coração e não há um passo seu que não fale sobre o bem. Não importam as tempestades que chegam. Essa é você e é o que te faz tão forte. Por isso, voe. Voe muito. Voe distante e bem alto. O mesmo céu que você traz para as pessoas de perto é o céu em que você merece sempre estar. E como é gostoso saber que você vai tão longe...

À beira do mar

Caminho, e não há nada mais calmo do que estar aqui. Meus pés registram na areia a minha presença e o coração registra em mim a paz. Olho para o mar que está praticamente em repouso, para a areia e suas pequenas conchas, olho para o céu, e em todos esses olhares olho também para mim mesmo. O Sol me sorri de frente, já prestes a se despedir, entregando talvez a luz mais linda de todo o seu dia. Com a luz, a pele está dourada, os olhos encantados, a beira molhada da areia refletindo o céu e a parte seca destacando em suas marcas todas as histórias que passaram por aqui hoje. O céu parece apresentar todas as cores do dia. Há o tom da manhã, da tarde e do início da noite. As nuvens parecem as ondas quebrando no céu, e de lá elas assistem a toda essa beleza comigo.

O vento bate contra e é como um abraço da vida. O cabelo esvoaçando livre, solto, me faz sentir a forma como quero viver. O cheiro de mar não se esconde e com o som das suas poucas ondas que insistem em beijar a terra me lembra o quanto há sempre vida para ser descoberta. Nunca uma onda foi igual a qualquer outra.

Para onde esses passos vão me levar, eu não sei ao certo. Mas ao caminhar seguindo o rumo do coração, sou feliz desde já. E indo em frente, não há dúvidas, meus pés não se desenham nesse chão com tanta vontade à toa, a felicidade sempre está nos rumos de dentro.

Lentamente os tons do dia vão se entregando às luzes da noite. Os brilhos das primeiras estrelas começam a sorrir no céu e o meu sorriso só aumenta. Há motivos pra sorrir a todo instante quando a alma está tranquila. O tempo passa e logo é toda noite. Os sonhos de todo o dia já começam a descansar no coração e já sinto a marca dos meus passos. Não foram meus pés que marcaram a areia, e sim a vida que marcou a minha alma.

Parece então que por dentro me torno mar. Na verdade, talvez eu tenha voltado a ser. Os sonhos respiram e pulsam como quando criança. Aquelas verdades, vontades e desejos mais gostosos começam a dançar por dentro como deveria sempre ter sido. Crescemos, e a cada dia aprendemos coisas novas, mas nossas luzes de dentro, aquelas que já nascem conosco, não podem apagar nem com todo furacão do mundo. Há de ser sempre força, brilho nos olhos e coração batendo forte pelo que te faz vida, sem deixar que o vento de curvas por aí te faça perder o que é essência. Volto então a ser uma imensidão por dentro e completamente cheia do que mereço viver.

Quando a alma abraça

Quando a alma abraça o calor é lá dentro. Calor de carinho, de conforto, de espaço de bem e vontade de sorrir. Quando a alma abraça a emoção ganha toque. A emoção ganha vida em sua máxima forma. Na forma que não só é sentida e amada, quando a alma abraça, a emoção se torna a acolhida necessária, a escuta pedida, o silêncio curativo da presença.

Acho que quando bate o vazio, mesmo em espaços cheios e até diante de um café, é quando os braços da alma não estão abraçando nada. E, por vezes, talvez, até não se deixando ser abraçada. Às vezes é assim mesmo, uma vontade de acreditar que sabemos exatamente do que precisamos. "É aquela pessoa!", o coração grita. "São aquelas conversas", o coração pede. "São todos aqueles sonhos", o coração implora. Pode ser. Mas na vida há muita gente que gosta de você e se estica toda pra te alcançar num abraço, e muitas vezes, sem querer que você abandone isso tudo que você pede por dentro. Não é deixar pra lá, mas deixar que o bem que existe agora te chegue, venha de onde vier. Do coração de quem te gosta, dos amigos ou de quem tem o seu sangue. É sobre não precisar deixar os braços da alma vazios.

Quando a alma abraça é ter pelo que ser vida. É justificar as suas batidas, o seu respiro, todos os sorrisos e choros conquistados até aqui. A alma tem que carregar o que te faz pulso, o que te faz ser a melhor forma de você sem nenhum esforço. Se a sensação é de querer abraçar e só encontrar o vazio, é porque não há nada pra ti ali. Porque querer abraçar algo que ainda não se conquistou, que você está correndo atrás, tudo bem, é normal. Mas se for algo que realmente te faz bem, o vazio nunca estará lá. Porque, mesmo que ainda não tenha alcançado o que quer, as felicidades de lutar por isso existirão, e logo o que poderia ser vazio não existe, porque a felicidade do seu caminho estará lá te provando que vale cada pulso pra seguir. Mas se lá estiver apenas o que te faz vazio, não há por que seguir. As coisas boas só se provam realmente boas quando pra alcançá-las nada é difícil demais.

E se nessa busca o vazio dominar, deixe alguma alma te abraçar. Ganhe o presente de ter a alma abraçada. Ninguém precisar passar por tudo solitário demais. A solidão é boa pra pensar e se entender entre intimidades suas. Mas só por um instante. Nossa vida precisa de vida pra existir. E, então, quando sua alma for abraçada, respire. Respire bem e encontre a calma onde outras versões suas já existiram. Ali provavelmente estará a paz. E você perceberá que a paz só existe quando a alma tem o que vale a pena abraçar. E o que vale a pena abraçar é aquilo que é amor da ideia até a hora de alcançar.

O que posso ser

Fui brisa e vento em um mesmo instante. Te entreguei em palavras de brisa o que por dentro era vento. Ali, a partir daquele instante de todo eu, descobri e te entreguei o que posso ser. Não sabia ainda o quanto era. Não tinha dimensão de quantos mares cabiam ali, porque, afinal, eu também não conseguiria mensurar quantos oceanos me existiam sobre você.

Meus sentimentos me mostraram. Meus sentimentos que faziam palavras, faziam saudades em pouco tempo sem te ver, faziam da sua presença luz e do seu olhar futuro, porque, sinceramente, ao te olhar, apenas imaginava as inúmeras oportunidades que ainda queria ver os seus olhos concentrados no meu. Construíamos mundos ali. Aliás, isso conseguimos desde sempre. Nosso tom de voz que sempre se encaixa e nossas histórias sempre tão bem recebidas... Quando nossos olhos se encontram e se oferecem como um abraço, ali definitivamente construímos um mundo. O tempo pode passar e continuamos cheios de vida. Há encontros que são maiores do que imaginamos.

O que posso ser é isso que te entreguei. É esse meu jeito que só soube te entregar e dizer:

Eu gosto de você!

Tudo depois disso apenas disse sobre a minha tentativa de ser o melhor que eu poderia ser. Te dar tempo, te dar calma, dizer que pensaríamos juntos e que teríamos todo o tempo do mundo. Continuar te admirando com meus olhos e te sentindo com vontade por dentro.

Aliás, que prazer é saber que gostei exatamente de quem você é. Não me enganei nem por um segundo. E a vontade de segurar as suas mãos permanecia e de te beijar ainda mais. Ainda acho que deveria ter te beijado, mas te oferecer calma também me fazia sentido. Provava o que sentia assim, nos detalhes que cuidavam de você. O amor só faz sentido quando as pessoas estão bem.

E assim desenhei a constelação que poderia, colocando brilho em tudo que me soava importante. Tentei ser o melhor para nós, para que o próximo capítulo contasse sobre duas felicidades juntas. A vida não é exata em nada e não sei ao certo o que aconteceu, mas eu gostaria aqui de dizer o quanto fui o que posso ser. E que você tirou o meu máximo, o meu melhor, as minhas batidas mais fortes e sinceras e alguns arrepios na alma que eu jamais vou esquecer. E, a partir daqui, o que posso ser é gratidão. Porque não segurei as suas mãos e te acompanhei por todo o mundo, mas nunca fui tão feliz em querer fazer isso.

Ao olhar das estrelas

Vou em frente. Vento no rosto, a cidade pulsando em volta e acima um céu lindo de estrelas. Meus passos parecem desejar chegar a algum lugar dentro de mim. Ando pelas calçadas, corro... passo por pessoas e suas histórias. Às vezes sozinhas, às vezes acompanhadas. Às vezes acompanhadas e sozinhas e às vezes sozinhas e muito bem acompanhadas por dentro.

Tento entre o meu caminho encontrar o que me faz bem. Em silêncio, usando a linguagem do coração, converso comigo mesmo. Me digo o que tenho sentido, as coisas que tenho pensado e reafirmo a mim mesmo os desejos do peito. Há tantos... Sinto cada um deles com a profundidade do que me significam. Sinto coisas grandes, porque sempre me propus a sentir coisas importantes.

Ainda com o mesmo silêncio, mas também me permitindo a voz quando o coração pede, converso com o que acredito. Entrego mais uma vez tudo que existe como verdade, é o que mora por dentro. E no momento de pensar sobre os meus desejos, dessa vez apenas me dedico a minha felicidade. Um desejo maior, acima de qualquer outro, se faz o principal pedido da alma: que só aconteça se for para o meu bem. Afinal, desejamos, e desejamos porque imaginamos que seja para o nosso bem. Imaginamos cenas perfeitas, sentimentos imensos, momentos que sempre nos lembrarão do quanto a vida valeu. Mas, então, me parece mais justo desejar que só nos aconteça o que for assim ou que no mínimo nos ajude a chegar mais perto. Não é muito fácil assumir que aquilo que sentimos tanto pode não nos fazer bem, mas é necessário... O coração merece.

O movimento me faz sentir a vida e às vezes tudo que precisamos é de um abraço dela. Aqui sou abraçado quando permito que o coração fale à vontade, no seu ritmo, confessando todos os seus medos e vontades... e como é bom; como é luz deixar o coração ser a vida que foi feito para ser. Quero muito vento, muitas estrelas, muito céu, muitas folhas, muito chão pra pisar e muito ar pra respirar. Quero muito amor pra sentir, muita paixão pra vibrar, céus e mares imensos pra me abrigar. Quero ser o que sou e ficar tranquilo. Que gostoso ser o que é e estar tranquilo. Cada passo significa muito quando se encontra onde quer estar, porque cada passo assim sempre te levará para onde a sua alma pede pra respirar.

Ao olhar das estrelas, essa noite eu caminho cheio de mim e cada vez mais. A cidade pulsante ao redor significa muito... há muitas vidas buscando se encontrar. Faço das ondas sentidas no coração a voz do que me é importante, e assim me atento ao que devo buscar. Em um mesmo tempo, peço ao céu, que está tão bonito hoje, que me ajude sempre a entender o que vai ser melhor. Quando deixamos o tempo necessário acontecer, seja qual for, tudo dá certo. Só precisamos nos cuidar. O bem vem.

Abraçamos a vida

Não precisamos de muito. Só coração, um tênis amarrado e vamos com toda a alma. O que faz de qualquer dia, de qualquer momento, de qualquer instante uma aventura pra guardar é o que colocamos de dentro no nosso presente. Que bom ir com o peito tão aberto... Olhar generoso para as árvores ao redor, ar fresco bem recebido por cada milésimo de respiro, escuta atenta aos dizeres da vida e coração grato por essa mesma vida que nos preenche tanto. Esquecemos de abraçar a vida uma hora atrás, ou talvez há um dia, um mês, um ano ou mais. Esquecemos de abraçar a vida no último dia de nervoso, o dia da ansiedade cheia de preocupações, na última vez que o coração se machucou e ficamos sem saber o que deveríamos fazer. Esquecemos muitas vezes. Mas precisamos lembrar que esse abraço mora na simplicidade das coisas importantes da vida.

Não ouvimos barulhos. Há apenas sons. Há vida a todo instante... São falas, pessoas em suas idas e vindas, vento nas folhas das árvores, nossos passos ora acelerados, ora descansados, a música do carro ao lado, o assovio do dono da bicicleta que quer passar ou mesmo os sininhos tocando. Entre nós, conversa boa para as horas de caminhada e anos de amizade. Sempre temos mais um pouco de nós pra falar; e escutar. E em todo esse instante, o silêncio também nos cabe entre a vida. Normalmente nos segundos que silenciamos apaixonados demais por essa vida. São os silêncios mais cheios que se pode alcançar. São silêncios preenchidos do que, mais uma vez, trazemos de dentro.

A vista é sempre bela: ir em frente. Não pode haver nada mais bonito do que isso, ir em frente até na hora da volta. Na verdade, sei que mais nos enxergamos do que qualquer outra coisa. Seguimos, e um filme constante de nós mesmos parece passar em nossas vistas. Também não poderia ser diferente. Essa série de movimentos em direção ao que nos importa só pode dizer sobre quem gosta de viver, e quem gosta de viver não tem medo de tocar na sua própria vida. Quem gosta de viver sente o que tem que sentir, admira o que tem que admirar, ama o que tem que amar e reconhece cada nova chance de viver um pouco mais. É ser generoso consigo.

Vamos lá no monte ver a estrelas. Hoje o céu está nublado e as estrelas são as luzes da cidade, lindas também. A chuva não nos fará nenhum mal. Pelo contrário, nos faz, nos traz, nos entrega o que faz bem. Às vezes, crescidos, somos mais ensinados a fugir do que amá-la. "Lá vem chuva!", que bom, estava morrendo de saudades. As gotas escorridas do cabelo para o rosto definitivamente me abraçam. Quantas memórias de criança, quanta sensação de que a vida é e vale a pena por isso, quanta emoção me fazendo sentir que estamos do lado que está sabendo viver. Tudo isso no coração me faz sentir que fazemos parte do mundo, que aprendemos a compartilhar vida com ela mesma. É como um abraço recíproco, da vida que nos existe com a vida que está por aí, de braços abertos, só esperando o nosso abraço de volta. Que bom que aprendemos a abraçá-la com tudo de nós.

Sinta o que deve sentir

Não se mexa, não para impedir tudo isso. Deixe o que já é movimento mover-se como pede. Deixe o que sentir ser rio por onde e como puder. Deixe ser o que é. Valioso como é. Às vezes dolorido como pode ser. Valioso sempre.

Se dói, não vamos pensar na dor, mas por que dói. Dói porque é grande. Não o que machucou, mas o espaço que foi machucado. Espaço seu. Tamanho seu. Doeu... Mas só é possível pela imensidão do seu eu. Complicado? Não. Só que uma dor só é grande quando antes dela grandes fomos nós.

Que receio de uma próxima. Não sei se vale a pena sentir. Lembro de felicidades. Foram sentidas por coragens anteriores, mas lá deu certo. Algumas vezes não deu. Que medo de qualquer agora. Pode chegar e ser grande. Sempre busquei emoções que não fossem pequenas. Mas mais uma vez pode doer grande. Medo grande. Coragem? Deveria ser grande. Mas como? Quando foi doeu igual. Ousei, eu me lembro. Fui bastante coragem. Me senti bem. Vivi. Pulsei. Ok, algum momento doeu. Mas lembro bem. Vivi. Pulsei. Amei! É, amei. Mas depois doeu.

Dói porque lembro que amei. E queria ainda amar. Queria mais e sempre com muito. Mais do que isso, queria receber amor. Me amaram, me lembro bem. Imensidão mesmo. É preciso muita pra dividir o amor. Ser, oferecer, receber, viver amor. Que coragem! Reconheço, já tive. Foi bom, recordo com sabor. Sinto aqui, com detalhes de lábios e toques. Amor me parece isso, coragem. Não consigo ver amor que não seja. Se não for, não pode ser. Amor rima tão fácil com dor... Ok. Amor também rima com flor. Flor aflora. Flor nasce, desperta, sai de um abraço em si mesma para se abrir pro mundo. Mundo curioso, perigoso, inesperado. É... É preciso coragem. É preciso ser flor. Amor.

Sutilezas

O ar está fresco, não está?

Ontem vi uma fileira de formigas carregando suas folhas pra casa. Elas seguiam calmas, constantes e delicadas. Em seus trajetos se encontravam e se desviavam juntas algumas vezes. Por algum motivo elas sabiam o que deveriam fazer. E faziam. Para sobreviver como gostariam, elas foram buscar o que precisavam.

Há pores do sol que nos amanhecem. Parecem sempre silenciosos. Cores aquecidas como um abraço. A sensação é de que não há nada entre o coração e o horizonte que encerra o dia. Parecem estar juntos. O coração lá ou as cores aqui. Os olhos se concentram com a certeza de que não há forma melhor de usar os segundos. Nem parece haver tempo. Parece haver apenas uma possibilidade: aproveitar a vida e fim. Ou: em frente. O tom de luz alaranjado aquece mais do que nos horários mais quentes.

Passamos pelo aeroporto enquanto caminhávamos, as luzes das pistas nos faziam perguntar quietinhos por dentro: astronauta ou piloto? Os dois, decidimos. Há momentos que acontecem para resgatarmos o que já fomos. São luzes de aeroportos, brigadeiros de festas, abraços demorados ou balões que amarram no dedo. São encontros com nós mesmos, com nossas crianças. É quando trazemos de volta a pureza da vida. As crianças devem sempre estar vivas dentro de nós.

Há sempre um passarinho cantando. Você já reparou? Ouvidos nossos muitas vezes desacostumados ao que é encanto. Não me preparo para ouvir, pois seria artificial demais. Mas cuido da minha alma para perceber a qualquer instante. A música sempre é nova porque o dia sempre é outro. Mesmo que as notas se repitam, todos os dias as músicas podem ser tocadas e ouvidas de uma nova forma. Talvez a vida tenha voz e seja o canto dos pássaros. Talvez seja uma das vozes. O que não posso é ser a vida que sou e não a escutar, dentro de mim e nos detalhes do caminho.

O ar está realmente fresco e cada vez mais. Hoje a chuva não veio, mas foi tão gostoso quanto. Gostoso de uma nova forma, de outra forma, de mais uma forma. Há várias formas no mundo de se sentir bem. Não sabemos bem que detalhes virão. Não sabemos exatamente a temperatura que será o dia, as cores das nuvens, se as formigas passarão ou se sentarei em um canteiro qualquer pra descansar e quando sentar talvez veja algo que jamais tenha visto. Não sei o que, de que cor e nem exatamente o que vai me fazer pensar. Mas sabemos que há sempre muitos detalhes pra se encontrar e sentir. Sutilezas da vida... Que eu tenha a alma sempre viva pra reconhecê-las. E cada vez que esse encontro houver, serei alma viva de porta aberta. Serei sempre vida de cores acesas.

Nova manhã

O café com certeza já está pronto. Alguns barulhos pela casa me mostram que o dia já começou há algum tempo. Barulhos que me acordam ou picam o sono, mas que acima de tudo me mostram a vida que existe aqui. Um lar sempre precisa de vida.

A manhã tem cor de paz. A luz, ainda em calma, propõe sentir por dentro o que de mim quer viver hoje. É sempre uma missão, uma missão gostosa. É como pensar: o que fará as estrelas sentirem orgulho de mim pela noite? A resposta certamente é a primeira coisa que seu coração sentir. Nada mais instantâneo em nossas batidas do que aquilo que precisamos. Elas se orgulharão. Afinal, você será sorriso.

É preciso contar com aqueles que nos abraçam. Que bom tê-los por aqui. Dividimos palavras, abraços, beijos, discussões para aprendermos a melhorar e generosidades para aprendermos mais um nível do amar. Dividimos o café que realmente já estava pronto, as histórias da noite de ontem e as boas vontades desse início de dia. Dividimos ainda o mais importante: o presente. Dividimos o agora, a prova do encontro de vidas que se somam e caminham, a luz que ilumina o passo presente para conseguirmos avançar para o próximo. Assim é o agora. É o primeiro e único momento antes do futuro, e nele está tudo. Está toda a nossa história em um único instante. E o que fazemos com ela é a nossa maior responsabilidade sobre o hoje. Juntos somos muitas histórias em um mesmo instante, mas com a capacidade de amarmos, abraçarmos e crescermos juntos.

A grama e as folhas das árvores ainda estão molhadas. Até a natureza vive o seu dia de diversas formas. O sol está por aqui, o vento deve chegar em breve e de tarde deve chover. Ainda assim estaremos com nossas histórias no presente prontos para continuar escrevendo. A força ultrapassa qualquer adverso. E, aliás, faz de qualquer tempo seu amigo. Dá pra ler poesia em todos os momentos.

O silêncio nasce de dentro pra fora, e é o sorriso da alma que me diz isso. Sento e, ainda com a preguiça e meu café, encontro na calma o que me preenche. As ideias mais nascentes do coração me abordam. Elas pedem pra acontecer, pra viver, pra que eu seja a exata vida que bato por dentro. Os caminhos parecem mais fáceis, mas não porque não percebo os obstáculos, mas sim porque me reconheço mais forte e dono dos meus sonhos. Quando você sabe o que te pertence e pelo que as suas forças devem lutar, você deixa de investir vida naquilo que nunca te foi vida de volta.

"Bom dia, Vida!", digo logo ao acordar.

São mergulhos

Quando a felicidade diz que não há nada que você poderia fazer a não ser ir, o coração já pulou. Já está mergulhado, imerso, vivo. Só te resta ir. É engraçado como encontramos felicidades escondidas quando temos mais coragem. Ou quando não tem jeito. Voltar pra trás, muitas vezes, é mais perigoso do que o risco de ir. Os grandes momentos das nossas vidas partem de mergulhos corajosos.

O que são dois olhares que se buscam senão um mergulho? É quando uma boca convida a outra pra nadar, ou puxa assim, no susto, e de repente já estão molhadas. É perceber na risada do outro um prazer além do que apenas o que foi dito. É querer fazer um favor com mais zelo do que a si mesmo. É sorrir pelo bem do outro e, já já, receber o cuidado de volta em algum detalhe. Mergulhos. Mãos abraçadas e firmes, mesmo com medo. Aliás, ainda mais abraçadas e firmes se houver medo. Peitos sorridentes na alegria. Alegria que já não se sabe mais de quem nasceu. É instantânea um do outro e recíproca. É amor conjunto.

Aquela conversa foi um convite para mergulharmos. O beijo que te ofereci era o nosso salto. Já havíamos segurado as mãos, respirado fundo e olhado um para o outro com vontade de ir. Nada nos seguraria. Éramos carregados de outono, de inverno, apaixonados pela primavera e brilharíamos em nosso verão. Seria a nossa estreia. As estações até ali já haviam nos aceitado e a próxima nos aguardava ansiosa. Seríamos primavera dentro de todas as estações. Seríamos flores em qualquer tempo.

Qual mergulho a sua alma quer dar? Há oceanos imensos, assim como o que sentimos. Há quem insista em mergulhar em desertos. Há mãos que se encontram e continuam soltas. Precisamos encontrar mares que nos recebam e também dedicar os nossos mares a receber. Precisamos ser a grandiosidade do que queremos encontrar. E quando encontrarmos, precisaremos reconhecer com importância e raridade, assim como também merecemos ser vistos. Afinal, nenhum mar é igual a outro e nenhum mar é igual sempre.

A quem me cuidou

Estou aqui. Vocês conseguiram. Estou bem e aqui. Nesse lugar, nesse meu presente, só posso reconhecer nos meus passos o quanto fiz uma boa viagem. As malas seguem arrumadas aqui dentro, ainda tenho muito o que seguir. Mas, até aqui, sou gratidão pelos cuidados que me trouxeram.

Há em mim tudo que já foi. Os meus passados são como carimbos em um passaporte. Há viagens boas e ruins, mas no mínimo há sempre algo novo a se entender. E, muitas vezes, são mãos cuidadosas e hábeis que te ensinam a aprender. São guias da vida. Guias da viagem da vida. É amor em sua forma mais plena, porque não há amor maior do que aquele que ensina o voo e diz: vá em frente… É o amor generoso.

Lembro dos olhos de quem me cuidou. Os olhos no exato instante em que me cuidavam. Nunca vi algo tão lindo ser dito sem palavras. Há luz, abraço, calor e ainda mais vida. Aliás, cuidar é emprestar a luz da sua vida para reacender uma outra. Ou é evitar que a chama apague. É o momento em que confiamos em outros olhos, em outros saberes, em outros corações… Precisamos. É quando o outro, que te acolhe, coloca o seu coração pra dentro e tenta enxergar o mundo como você. É te acolher como mãos que seguram um passarinho. É saber que muitas vezes um peito só precisa de descanso. Corações valentes também precisam repousar.

Penso nos que já não tenho mais por perto. Os que foram aprender coisas novas em outras estrelas e os que apenas estão distantes por aqui. Afirmo não ter mais por perto, porque a vontade é de abraçar. Mas sei. Por dentro abraços não terminam. Esses caminharam de mãos dadas com as minhas até onde os seus caminhos alcançaram os meus. Não precisavam ser os mesmos, precisavam apenas se alcançar. E, naturalmente, carrego sempre tudo que brilharam em mim.

Os que aqui estão, seguem me sendo ventos nas direções acertadas. Meus passos gritam e avançam destemidos porque sei de que ventos vim. Os caminhos são mais fáceis quando as suas forças vêm do amor.

A viagem segue firme e constante. Ir em frente também é honrar toda a sabedoria que te ensinaram no passado. É dar vida a todos que um dia acreditaram na sua vida. É provar que valeu a pena. E seguindo a minha viagem, também sou vento por aí. Sou vento por onde amo e por onde quero amar. Porque a graça de viver é conseguir encontrar o bem, mas sem jamais esquecer de levá-lo em frente.

O amor é assim.

Plenitude

Chegamos em casa e já é de madrugada. A noite foi agradável, com bons amigos, boas conversas e sorrisos constantes. Posso dizer que comemoramos a vida. Não falamos de preocupações, de incertezas do futuro nem das tantas coisas bobas que tentam tirar a nossa atenção por aí. Estivemos bem em momentos de bem. É gostoso celebrarmos o simples.

Estamos cansados, mas é aquela preguiça gostosa. O sono já chegou, mas queremos nos esticar um pouco no sofá, ligar a TV, talvez um de nós tomar um chá, enquanto o outro aprecia apenas o perfume. Camomila, talvez. Mas antes nos trocamos. Tiramos a roupa pesada como um alívio. Tiramos e colocamos aquela roupa leve, feita pra dormir ou só ficar em casa. Parece até que essas roupas sabem nos abraçar. O conforto é imediato. E agora sim podemos nos deitar e aproveitar esse chá.

A noite está friazinha. Um pouco da janela está aberta e é possível sentir a brisa passeando. É gostoso também. Já encostados, um no outro e no sofá, essa pequena brisa realça as nossas partes encostadas. Você meio torta, apoiada nas minhas pernas, cobrindo todo o meu pé. Eu ainda mais torto, com as pernas imobilizadas pra não mudar nada, com as mãos alcançando a sua cabeça. Estou realmente em casa. Em breve o pé deve adormecer, mas tudo bem por enquanto. Já já inventamos uma posição torta nova. É o nosso dom de nos encaixarmos.

O sono avança e a piscada é cada vez mais lenta. Por alguns instantes já cochilamos e a TV é mera espectadora do nosso conforto. Não temos hora amanhã e estamos plenamente tranquilos por dentro. Dormimos por alguns minutos e cada vez mais nos encolhemos em nossos cantos. Meus pés já estão livres e minhas mãos já se tornaram meu travesseiro. Minhas pernas já não são mais os seus principais apoios e você já virou o rosto para o sofá. Sono é sono e precisamos estar confortáveis. Mas estamos sempre muito bem por estarmos juntos.

Em algum momento o meu lado adulto bate. Resolvo desligar a TV e te convidar para ir pra cama. É claro que você já está sonhando, mas vamos lá comigo. Eu te ajudo a levantar, a andar sem esbarrar na porta e a deitar tranquila. Eu te cubro e em um segundo você já estará no mesmo sonho, de onde parou. Antes de ir para o meu lado, te admiro por mais outro segundo. Sorrio. Ou tento. Tive vontade de sorrir. E então me deito. Me cobrir é uma das sensações mais gostosas antes de finalmente dormir, mas é ainda mais gostoso sabendo que esse mesmo cobertor te cobre ao lado. Vou dormir. Foi uma linda e gostosa noite, ainda mais linda e gostosa depois de chegar. Assim é onde vive o amor. Assim é... Feliz. É hora de descansar.

Que bom te ver feliz

Quero apenas ressaltar isso, como é bom te ver feliz! De alguma forma a minha felicidade já é extensão da sua há tempos. Certamente é a nossa confiança. O nosso jeito que aprendemos de dividir a vida com sabor, com cor, com ar leve pra respirar e sempre, sempre alguma risada pra dar. É importante e raro na vida encontrar com quem sempre é um encontro dentro de você. Há coisas que fazem sentido sem precisarem ser explicadas. Assim somos nós, em alguma chuva no verão ou mesmo nas folhas do outono. Assim somos em todas as estações.

Sabemos definitivamente o que é preservar um no outro. Fico impressionado como seus sorrisos chegam antes mesmo dos meus quando tenho boas notícias. Logo sorrio em dobro, pela própria notícia e por te ver feliz por mim. E quando chegam as suas novidades, depois das minhas inúmeras tentativas de adivinhar sem você me contar, também já sou sorriso. E o melhor é que poderia ser em retribuição, mas não. É simplesmente vontade do coração. E você me conta, eu te conto, damos opiniões mil e nunca discordamos. Porque, quando algo de um não faz sentido no outro, nunca nos pareceu um desacordo. Parece sempre um aprendizado novo, uma ideia a se pensar, algo sempre que ainda não tínhamos pensado e, agora, só porque um de nós disse, nos colocaremos a pensar. É a nossa generosidade e jeito de nos admirarmos. Provamos que nos admiramos quando nos ouvimos sempre com tanta atenção. Parece que há sempre algo bom por vir. E vem.

Quando olho pra frente sei onde quero estar e te enxergo facilmente por ali. Estaremos em cafeterias na madrugada, em conversas sempre exaltadas, dividindo mais e mais histórias e conscientemente felizes. Somos sempre conscientemente felizes, e como é bom ter noção das coisas boas que vivemos. Não desperdiçamos. De alguma forma sabemos sempre como sermos felicidades. E então, vamos lá e somos. Somos mesmo. Não temos problemas em sermos o melhor que podemos. Os sorrisos são todos nossos.

Se cabe um obrigado, aqui dedico o meu. Sei que o tanto que somos devemos exatamente a sermos recíprocos. Recíprocos em respeito, em loucura, em medos e coragens, em vontade de amar e descobrir mais da vida. Somos recíprocos na mesma *vibe* de viver. E nas diferenças, somos recíprocos na vontade de aprender. No final de tudo, fazemos o ideal para sorrisos na vida. Admiramos tudo que somos. Vai saber qual a importância das qualidades e dos defeitos naquilo que somos... E se assim somos tanto, que seja. Nos abraçamos inteiros.

Sol

Acho que esse é um agradecimento à estação. Entrei nela ainda sem ser verão por dentro. Havia muita primavera. Havia muito do que as flores me proporcionaram ter vivido. Mas era verão, e logo entendi. Não precisava em nada deixar as marcas das outras estações pra trás, era só somar tudo. Era viver o verão com tudo que foi acolhido até ali, fiz isso. Vieram amores, saudades, vontades, tristezas e felicidades. O que é a vida se não ser aquilo que está pronto pra ser? Nós sempre somos a soma de nossas estações passadas. E se tudo que você viveu por lá foi em busca de ser feliz, então, tudo bem. Até as lágrimas valem a pena quando se tenta ser feliz.

Não me arrependo de nada. É importante ver valor nas suas atitudes passadas. As mudanças das estações te ajudam com o tempo a ver por outras luzes. A temperatura se altera, um dia se veem folhas pelo chão e, em outro, flores pelas ruas. Um dia se veste o seu casaco mais bonito e, em outro, vai a camisa fresca mesmo… Tudo isso nos traz diferentes formas de sentir e temos que ser generosos com nossos estados novos. Diferentes sensações suas podem trazer diferentes respostas para o seu bem.

Só foi possível chegar até aqui sendo todo coração. O verão tem muito pra apresentar. A vida sai às ruas. As pessoas estão por aí, as histórias se cruzando, os bares estão cheios e as praias ainda mais. Nas avenidas e parques há corredores, formigas em suas trilhas, passeios em família, bolas chutadas e piqueniques nos canteiros. A chuva é sempre presente e o sol nunca passa despercebido, principalmente se hoje ele faltar. Aprendi que o suor regula a temperatura e já nem seco mais. Deixa o verão ser verão. Deixa o calor, lá fora e aqui dentro, ser calor. Talvez as estações existam pra aprendermos a sermos várias versões de nós.

O vento já está mais fresco e vejo algumas folhas começando a aprender a voar. É mais um novo ciclo chegando e outro se fechando. É um novo outono. E que delícia é sentir isso... Que tenhamos aprendido muito mais uma vez. E que jamais nos esqueçamos de aprender com o novo.

Obrigado, verão, por todo o calor e luzes que me apresentou. A vida certamente parte daqui mais iluminada. Vou sentindo com mais força o que me existe e aprendendo que tudo que abrigamos por dentro é sagrado. A vida é sempre pra ser vivida com o que é sentido. Assim são as vidas de verdade.

UM NOVO OUTONO

20 DE MARÇO
13H15

As cores são conhecidas,
mas as folhas desse chão já desenham
outras histórias.

O novo sempre chega para
os corações abertos.

Para luz

Quero lhe contar, hoje serei coragem de vida. Você não lerá essas palavras antes de eu ser. Mas, no futuro, talvez leia e lembre que hoje realmente fui coragem. Coragem de vida, pela vida, para a vida... Coragem diante do que traz cor a essa palavra. Não são seus olhos nem seus brilhos em específico, é você. Talvez simplesmente a minha vida pedindo para beijar a sua, e já não vivo mais tempos em que deixo essa mistura de cores para outra noite. A de hoje é perfeita ainda sem encontrá-la. Em breve a encontrarei. Presumo poucas estrelas e muitas nuvens, é como tem feito o tempo. Mas hoje a maioria das estrelas se apresentarão em outro céu.

Será um bonito tempo. Os relógios poderiam calcular, contar os minutos e segundos exatos. Pessoas à espera de algo pelo mundo acharão um tempo imenso e pessoas em suas máximas felicidades acharão milésimos, independentemente do tempo. Nós, eu não sei. Simplesmente será o nosso tempo. Possivelmente uma sensação de eternidade entre movimentos e uma saudade imediata do milésimo interior. Mas viveremos o próximo. E no próximo nos reencontraremos dentro da eternidade de novo. Será mesmo um bonito tempo, e todo nosso.

Para as minhas mãos avisarei que a sua pele será o melhor toque que elas poderão encontrar. Para meus lábios, já mergulhados, apenas dedicarei a lembrança de sorrir depois do beijo, pois ali já saberão que estão no melhor encontro que poderiam. Para meus olhos, vou pedir para que continuem fechados. Não para que não te vejam e assistam ao que é luz logo à frente. Mas, sim, para que continuem te olhando adentro, onde além de tua imagem moram as tuas estrelas, e ali encontram as minhas. Como elas ficam bem juntas... O céu já estará estrelado. Para o meu coração, pedirei para que não se acalme. Suas batidas devem ser grandes e fortes, porque é assim que a vida estará acontecendo. Não quero que haja nenhuma batida a menos do que a alma pedir. Pedirei apenas para que ele viva. Um coração que vive é sempre um coração presente, ainda mais em um céu como esse.

Depois, quando nossas bocas se ocuparem de um sorriso, respiraremos em um silêncio suficiente.

Para lá do horizonte

É pra onde estamos indo, não é? Em qualquer movimento, de dentro ou de fora, é pra lá que estamos indo. Achamos o céu de hoje bonito e houve quem nos dissesse já ter visto outros ainda mais. Ela fala a verdade. Já vimos e vivemos outros céus de bonitas cores. É bom saber e ter no coração que em dias já passados encontramos o que é maravilhoso. Mas o céu de hoje é bonito e é de hoje, é de agora, desse instante. As batidas que nos fazem vida nesse instante acontecem no mesmo tempo desse céu, e isso já o torna suficientemente bonito. E nisso todos nós concordamos.

Somos empolgados. Gostamos de correr pra lá e pra cá. Queremos ver tudo, sentir tudo e dividir entre olhos. Nossos brilhos, na alma ou no olhar, sempre significam o quanto estamos dividindo vida nesse momento juntos. Nos tornamos correntezas de luz que dançam e se misturam entre passos. É nossa energia entendida e alinhada a favor do que é bem e paz. São nossas belezas conversando.

Quando acordamos hoje, já sabíamos pra onde estávamos indo. Não teria como não ser. Há encontros que nós sabemos desde a hora de acordar o que são. É sobre saber que nossas histórias vêm de longe e vão para muito além, mas que nos encontramos. Quantos sorrisos podemos dar por isso? Pela cor do chapéu, o tom do seu vestido novo e a blusa nova que visto, dá pra ver que muitos. Estamos nos divertindo.

Sentimos os detalhes e assim eternizamos luzes. Não sabemos olhar o mundo apenas com os olhos. Adoramos o céu, as cores e os movimentos até agora, mas sempre vamos além. Sinto como se o dia passasse as mãos pelos meus braços até finalmente me abraçar. É como passear em boa companhia ou comer um doce gostoso no final da tarde. É fechar os olhos e querer celebrar. Como é imenso saber que se é feliz no momento em que se está sendo...

Coloca a música bonita, do passado ou do presente, e vamos felizes... Cantamos já entre as luzes da noite, e é claro que continuamos nos divertindo. Compartilhamos os versos, nossos e das músicas, e todos juntos já somos uma poesia. Só consigo sorrir! É realmente possível sentir quando o coração bate alegre.

Pra lá do horizonte. Sempre estamos, não é?

Girassol

Estou cheio de sensações boas. Não teria como não nos encontrarmos, não é? É como uma certeza que não sabíamos, mas que por dentro talvez já desejássemos entre nós. Não precisamos explicar nem compreender se não quisermos. Ficamos apenas com o que sentimos, com o que descobrimos, e isso já é tudo.

Descobrimos que almas grandes se reconhecem. Eu sei que você sente comigo. Não conseguimos explicar o que é quando estamos olhos com olhos. Parece que nossos corações já se apresentaram antes de nós mesmos e essa intimidade toda sentida dentro viria daí. Te olho e confio como se em ti já morassem diversos dos meus segredos. E talvez morem. Segredos do peito que nasceram ao te conhecer. Segredos que falam da minha vontade com você — e prometo também guardar bem os que seus olhos me contam.

Vamos jantar? Eu te busco, seleciono as melhores músicas e desobedeço a hora da volta. Colecionaremos estrelas ao longo da noite e descobriremos o quanto sempre sabemos construir novos céus. Isso porque cada vez conseguimos ser mais alguma coisa boa entre nós. Olharemos para as nossas bocas como sempre, mas jamais nos desapegaremos dos nossos olhos sorridentes. Aliás, alguma vez eu te olhei sem sorrir? Ao menos nunca quis não sorrir. Qualquer presença sua, nas músicas que ouço, nos girassóis que vejo ou nas poesias que componho, me faz sorrir. Que bom, Girassol… Que bom te encontrar…

Mal imagino o quanto podemos ser juntos. A força de vida que sinto ao seu lado, no mínimo, prova que podemos ser tudo. Tudo... Mais uma vez essa palavra cabendo bem quando falo de nós. Tudo que somos e tudo que podemos. Acho que quando falo de nós, falo do infinito...

Nossas mãos já estão dadas, e nossos rostos, sempre sorridentes. O beijo nós já demos muito antes de nossas bocas e nosso abraço já é segunda casa desde o primeiro. Quanto abrigo nos somos. Daqui para os próximos caminhos, eu não sei exatamente o que alcançaremos. Daqui para as próximas batidas de dentro, eu não sei exatamente o quanto seremos. Mas, Girassol, não nos encontramos pra ser pouco, e isso as nossas almas já disseram desde aquela primeira dança.

As nossas marcas na areia

Nossos passos leves tatuam a nossa existência na areia. Lá se vão dois corações em par, que em rumo incerto apenas seguem, sentem, vivem. Essa brisa constante, que varia entre ora seca e ora carregada de gotículas salgadas do mar, vem e nos despenteia com a sua mansidão, acariciando e refrescando carinhosamente nossa pele. O seu instinto de se arrumar é lindo. Suas mãos penteiam o seu cabelo com atenção, mesmo sabendo que lá vem outra brisa e já vamos nos despentear de novo. E nesses momentos alternados de arrumar e desarrumar, nossas mãos não esquecem de se encontrar. Como um abraço que acompanha os passos, elas se apoiam e se apertam, sentindo cada milímetro de contato. O nosso olhar desacelerado faz do que encontra descanso... Há o mar, o céu, as pequenas conchas como pétalas que se estendem ao nosso passar, pássaros que cantam a realçar a vida, crianças que correm como se o depois não estivesse à vista e, juntos, nós seguimos tatuando esse momento de existência. Nossos pés relaxam entre as camadas de areia fina e as partes já molhadas pela maré mais alta. Já é o fim de tarde e, antes mesmo que se acabe, a saudade já fica. Quando olho para o horizonte infinito, percebo no encontro de água e ar as cores mais calmas que já pude enxergar. Algumas estrelas dão o seu toque de paraíso e a brisa continua a nos despentear... Nós estamos vivos.

— Deita aqui um pouco, encosta no meu ombro. Agora vamos tatuar os nossos corpos nessa imensidão. As águas, as brisas, os pássaros e as pessoas testemunharão que existimos aqui. A marca que aqui deixaremos se apagará antes mesmo da manhã, mas os grãos de areia que aqui se moveram para desenhar o contorno de nossos corpos, esses nem em dez mil anos estarão na mesma posição que estariam se nós não tivéssemos existido.

Assim, tatuamos as nossas marcas pra sempre nesse universo. Existimos em uma mesma época, em um mesmo lugar, em um mesmo tempo e juntos. E como fomos felizes... Bom, sobre isso deixamos marcas diferentes pra provar. Ficam aqui as marcas nos nossos peitos, nos nossos corações, feitas pelo nosso amor que caminhou e se deitou dentro de nós. Essas não se apagarão pela manhã e, daqui a dez mil anos, assim como os grãos, terão um motivo para estar onde estão.

Nós existimos, meu bem, e como existimos.

Você tem a quem puxar

Olhe ao seu redor, como é preenchido de amor. Vejo luz por todos os lugares e é possível sentir de longe cada sentimento que existe por aí. Quando te conheci, o que mais fez meu coração ser seu foi exatamente quem tu és. Éramos um pouco mais jovens, é verdade. Mas a tua maior beleza sempre foi ser quem tu és. Sempre dizem que somos aquilo que nos ensinaram a ser e que os maiores exemplos sempre vão vir das pessoas que amamos e nos ensinam a crescer. Pois nunca duvidei que os maiores ensinamentos chegam de quem está por perto sempre cuidando, abraçando, protegendo e amando quem somos, e a cada dia seguem lutando e se doando por nós para nos guiar sempre para o melhor caminho que possam imaginar. Me lembro bem de ter vivido tudo isso na minha vida também. Tenho em mim cada carinho e palavra de quem esteve aqui por perto e, por isso, afirmo tanto o quanto a família é o maior bem que alguém pode manter.

Quando te conheci, apenas admirava seus valores para tudo que você tivesse que viver. Em cada pequena ação, em cada pequena decisão, os seus talentos todos do coração se faziam presentes e apresentavam a pessoa que você é. Nunca vi você se confundir. O que você acreditava e sentia era lei. Não existia em seus tons dúvida de como agir e pensar. Sempre esteve tudo lá, gravado no coração e acima de qualquer ideia solta que tentasse te chegar. Muitas vezes te vi chorar por isso... Não encontramos tantos valores preservados por aí e se decepcionar com muitas coisas sempre foi difícil pra você. Mas apenas provava o teu valor de ser quem tu és e a tua firmeza de manter o bem acima de tudo dentro de ti. Que bonito era... Admirava em silêncio cada vírgula desses momentos e dedicava o meu carinho como forma de aplauso por me proporcionar presenciar tantas coisas lindas. Com pouco tempo eu já começava a entender tudo isso de uma forma ainda melhor. Ficava muito claro como ao seu redor nada era diferente, e mais, era dali que saía toda a tua influência de ser quem tu és. A fonte era a sua família. Em pequenas atitudes eu pude ver — aliás, é sempre nas pequenas atitudes que estão os grandes gestos —, todos ao seu redor carregavam vivas e presentes todas as coisas belas que um ser humano deve conter. Sempre me lembro imediatamente de toda a generosidade contida aí. Como foi bem recebê-la... Tão abundante e disposta em cada detalhe, proporcionando a todos que passam por aí ar de boas-vindas. Se sentir em casa nunca foi mérito de quem chegou e se acomodou, mas sim de todas essas lindas pessoas que nunca deixaram alguém se sentir mal em chegar. A bondade também sempre foi presente e imensa em cada gesto. Em cada passo, um cuidado imenso para caminhar sem nunca machucar alguém por onde tiver que passar. Por aí não há validade de se chegar a lugar nenhum se pra isso alguém precisou se machucar. O caminho é sempre leve e tranquilo, e por todos que vocês passaram nunca ficou nada que não falasse sobre o bem. Como sorri sempre ao ver a simplicidade e o respeito constante desde a fala do corpo até o coração, provando para todas as estrelas que pudessem ver que por aí não existe divisão entre o que dizem a boca e o coração. Mas acima desses e de tantos outros valores que eu posso dizer, me permita destacar o maior de todos... Todo o amor que vocês vivem.

Existem mil formas de se viver e sentir o amor, e vocês conseguem alcançar todas elas. É lindo como só de pensar em vocês já é possível sentir. O amor não está só em uma fala, em um gesto, em um favor ou em um carinho. O amor está em todo o bem que conseguem emitir com o coração. Ainda que no silêncio ou na quietude de uma manhã, ele sempre está lá, vivo e pulsante entre vocês. É um talento, podem acreditar. E quase como luzes, é possível ver todo ele navegando e se distribuindo entre seus corações. Um verdadeiro show de luzes entre amores e almas que se amam. Certamente, aí mora o segredo para tanta felicidade, generosidade e todos os valores possíveis. Vocês são amor e o maior resultado sempre será o bem. E quer saber? É o que no final das contas importa. Em meu coração grato e feliz por ter vivido nessa passagem de vida entre vocês, apenas ficou o bem. O bem que me causaram, o bem que vi causarem, o bem que sempre receberam e o bem que eu sempre fiz questão, de todo o meu coração, de tentar retribuir. No final das grandes histórias é sempre isso que fica guardado, e eu nunca vou me esquecer.

É por tudo isso que eu digo que você tem e sempre terá a quem puxar. Seus maiores valores e talentos não são à toa e você deve ser grata a cada dia por ter quem tem cuidado de você nesses anos todos de vida. Quem tu és sempre será a prova de onde vieste, e assim continuará sendo, porque não existe amor nem bem que se perca pelo tempo. Que sorte a minha foi ter presenciado o teu coração viver lindamente como és. E ainda tive a felicidade de viver entre todos que te ensinaram tudo, que, através de todos os bons momentos que me fizeram ter, sempre me farão lembrar o quanto amar e fazer o bem é a melhor forma de se viver.

Gratidão.

Margarida

No seu centro ela carrega o Sol e em sua volta apenas pétalas de bem-me-quer. Ali, a lógica é essa, bem-me-quer, bem-me--quer, e podemos checar todas elas, começaremos e acabaremos bem. Há quem tenha missões de fazer bem a muitos. No seu caso, de fazer o bem para todos que conhecem o seu Sol de todas as estações.

Caminho, e entre caminhos não posso não te procurar. Talvez seu Sol seja o destino ou no mínimo a luz que nos norteia pra onde ir. Me aproximo, entrego minhas palavras, entrego a fala do coração e logo recebo de ti tudo que seu coração pode dar. Vêm suas palavras, seus sorrisos, histórias que ensinam e mais um pouco de coração. Com tanto, só podemos sentir amor. E, entre tanto amor, só podemos sentir paz.

Talvez a sua missão seja ainda maior e eu ainda não descobri. Talvez o porquê esteja além e um dia eu venha a saber. Por enquanto, sei que por onde está, os sorrisos nascem. E se alguém não sorrir, por você tudo bem. Pode ser só um mau dia de alguém. E te conhecendo bem, ainda vai torcer para que o sorriso chegue a ele logo. É seu jeito, não é? Você deseja de todo o seu coração que todos com um coração sintam a paz e felicidade de estarem vivos.

Aqui o agradecimento é por você cruzar os nossos caminhos. Vidas que se encontram e se fazem mais felizes. Que presente! Entre um infinito de tantas estrelas, de tantos tempos e lugares, registramos aqui que vivemos um encontro e sorrimos por isso. E sentindo que já nos conhecíamos e sabendo que nos levaremos para muito além, afirmo que esse sorriso se estenderá para o eterno. Assim, todos os tempos afirmarão a felicidade de conhecer o seu Sol cercado de bem.

Gratidão, Margarida.

A Você, minha querida rosa

Te admirei desde o primeiro instante. Quando te vi nascer entre o que eu descobria da vida, já tinha uma sensação de certeza que me cativaria. Quando um coração fala, não há possibilidade lúcida de duvidar. Vemos melhor com o coração, não é? Eu já estava vendo e já sorria por dentro por isso. Você, minha rosa, estava logo se tornando única, porque era a minha rosa.

Tive vontade de me aproximar aquela noite. É claro que você não precisava de ajuda. Mais tarde eu ainda iria descobrir que você gosta de dar conta de tudo sozinha. Mas, por enquanto, eu só podia te oferecer as minhas mãos ou minha presença. Essa talvez você tenha aceitado logo pelo olhar que me dedicou. Sorriso bonito, alma iluminada e um tom de festa até quando ela já havia acabado. Era a luz da rosa que eu amaria. Ali definitivamente nos cativamos.

Ondas de muita vontade, é como gosto de imaginar as nossas chegadas. Cada vez mais inteiros, cada vez mais certos, absolutos em sonhos e sorrisos. Logo já estava claro que nossas trilhas seriam as mesmas. Se o sorriso fica mais largo e o abraço mais demorado é porque claramente estamos onde deveríamos. Eu estava no planeta que deveria. E estava contigo.

Éramos únicos entre tantos. Só mergulhados em nós mesmos para entender a dimensão do que é a nossa paz. Lá se foi mais um bom filme, em uma bela noite, com um belo jantar, em uma bela rua e entre olhos que assistem à Lua ou atenção que escuta a chuva chegar.

Sempre foi bonito. Toque nosso, cuidado nosso, amor nosso... Havia uma árvore que sempre nos assistia e entre conversas que eu ousava ter com ela antes de ir, ela me contava que havia aprendido um pouco mais sobre o amor. E eu a respondia... "Eu também."

As estrelas eram nossas e por trás daquela beleza toda havia uma rosa. Havia você. Foi o tempo que nos dedicamos um ao outro que nos fez tão importantes. Aqui um obrigado por sempre e tanto. Fui feliz por te conhecer e sou feliz por contar a minha história passando por você. No mínimo, entre nossos contos juntos, em todos eles sorrimos. No mínimo, entre tanto amor juntos, em todos os dias amamos. Obrigado, minha rosa. Me ensinaste o que é o amor.

Cor da vida

Quantas cores, não é? Você me apresentou tudo isso. Quantos sabores, quantas farras, quantos sentimentos gostosos no coração. Eu era a estrela, não era? E você sempre sendo céu limpo pra eu brilhar. Não há absolutamente nada que eu gostaria de mudar, nem no ontem, nem no hoje. Quando recordo, me sinto amado em uma imensidão que não posso escrever. Era simplesmente, absolutamente, absurdamente, amor. Amor que faz dormir confortável, que faz sonhar à vontade, que ensina o quão é gostoso ver uma chuva chegar ou o quanto cabe na vida ser feliz pelo que é mais simples.

A vida depende da forma com que olhamos o horizonte. Dá vontade de ir até lá? Dá medo? O impulso é de não ir ou de fazer parte de todo ele? Eu sempre quis ser o horizonte. Eu sempre quis ser sem fim. Minha imensidão de dentro conversa com as imensidões que encontro e meu desejo é sempre de poder ser mais. A minha soma é do que é vida. Meus olhos procuram, meu peito respira, minhas mãos acariciam e minha alma ama o que é vida. E o que é vida? É um milésimo de segundo capaz de te ser eterno. Ali sentimos o que ela é.

Coragens precisam ser descobertas para além das sombras e dos barulhos antes de dormir. Aliás, há quem cresça e até fique amigo das sombras e dos barulhos antes de dormir. Não tem jeito, o seu coração pede mais. O seu coração precisa de mais. Já pensou se a flor mais bonita que você já viu não tivesse sido regada? Permaneceria semente, promessa, talvez um dia. Mas na vida chove, e como devemos correr pra nos molharmos... Se fecharmos os olhos e apenas sentirmos, sem pensar, sem falar, sem imaginar, apenas sentindo, o coração começa a contar o que ele ama. É o caminho que a sua alma pede pra trilhar. E a sua felicidade só pode morar ali, porque não há felicidade quando não acendemos as luzes de dentro.

Caros sonhos, eu os guardo com a profundidade que me alcançam. Me ensinaram que tê-los por dentro me leva para infinitos impressionantes. Sinto nos batimentos que essa é uma das verdades mais preciosas da vida, porque reconheço em todos os meus dias os meus sonhos, e como sou feliz. Vejo na pessoa amada motivos justos para amá-la. Vejo nos pores de sol a luz bonita que precisa nos existir. Vejo no meu passo de agora razões certas para dar o próximo, e com coragem! Vejo na folha que cai a oportunidade de cuidar do que ainda temos. São os sinais de que sonho, porque reconheço felicidades por onde voo.

Múltiplas cores, essa é a cor da vida. Em suas paletas tinha todas, e me apresentou. O quadro você deixou que eu fizesse, e eu vou fazer por toda a minha vida. Medo de ir até o horizonte? Todos temos. Mas a felicidade sempre está onde nos sentimos infinitos. Foi o que me ensinaram.

20 DE MAIO
03H30

Fim do meu ciclo

O QUE AS ESTAÇÕES ME ENSINARAM.

Fui absolutamente tudo que eu poderia ser. Quando o coração pediu pra escrever, eu não tinha destino certo nem poderia ter. Era o que ele me pedia:

"Não tenha destino, Victor. Viva as estações que te chegarem."

Eu só poderia viver. E viveria. Escrever sobre o que te acontece ao longo de tanto tempo é um desafio de detalhes. Sempre acreditei, e acho que entreguei bem isso ao longo do livro, que as luzes que alimentam o coração moram nas sutilezas dos dias. É o olhar descrito em tantos desses textos, é o milésimo de segundo eterno, é a estrela que vi em uma dessas noites e a chuva que tomei em uma madrugada por aí. Só, junto, com frio e com calor. Muitas vezes o café estava quente, mas algumas vezes tomei mesmo frio. Mas foi sempre um grande prazer.

Uma das maiores belezas que alcançamos é conseguir mostrar as mudanças — e acima de tudo o quanto precisamos delas. Nenhum texto sairia o mesmo se eu começasse a escrever um dia antes ou depois do que foi escrito, porque evoluímos talvez a cada hora. Ainda assim, tentei manter a minha coragem de expor o que me gritava. Hoje, um ano depois, se leio textos do começo dessa viagem, recordo com saudade, mas talvez não me reconheça em todos. Do mesmo jeito, daqui tanto tempo, lembrarei de cada uma dessas palavras com paixão, mas já verei um Victor que foi. Vocês perceberam. Vocês me conheceram nessa viagem em que me acompanharam. Com certeza observaram diferentes paixões, diferentes coragens, impulsos e tons diversos que narram bem as mudanças de estações em mim. Tudo foi escrito na sequência em que chegou ao meu coração. Espero que tenham usado o coração à vontade. A minha história, pela sua generosidade de me ler, se torna nossa. Sei que imaginou as cenas e sentiu ao seu modo o que senti. Aí está algo maravilhoso. Conversamos em diferentes tempos através das palavras. E assim sempre será a cada vez que reler este livro. Eu vou sentir.

Espero muito que este livro possa ter feito algum bem pro seu coração. Eu não quis ensinar nada, até porque escrevi aprendendo. Mas aprendi coisas valiosas para toda uma vida. Penso que esse registro me trouxe lições que levarei para os meus filhos, e talvez pela linha do tempo eles entreguem para os filhos deles, e assim o amor caminha. Se algo aqui foi valioso para morar em vocês, também será levado em frente através do seu amor pelas pessoas que gosta, e que missão linda estaremos cumprindo.

O meu agradecimento é para absolutamente todas as pessoas que passaram pelo meu caminho ao longo dessas quatro estações. Todo o mundo sempre traz algo. Tentei aprender com o melhor de todas. Incluo também todos os meus leitores e leitoras, mesmo os que não conheço e com quem nunca conversei. Acredito na energia da vida, das pessoas, das almas que se reconhecem e se conversam mesmo a distância. Eu senti cada expressão que vocês quiseram me entregar, inclusive ao longo da leitura deste livro, e sentirei em todas as vezes que lerem. Repito, eu vou sentir.

As pessoas que um dia passaram na minha história antes do início deste livro também foram o meu presente. O amor é atemporal, e todas estão sempre aqui dentro. Portanto, também passaram pelo meu caminho ao longo das minhas estações. Então, todas as pessoas da minha história foram importantes, e aquelas que me provocaram amor sempre irão morar aqui dentro.

O coração só carrega aquilo que não se importa com o tempo.

Gratidão e até já. As palavras do peito sempre nos farão presentes.

Estamos no caminho certo.

ASSINE NOSSA NEWSLETTER E RECEBA
INFORMAÇÕES DE TODOS OS LANÇAMENTOS

www.faroeditorial.com.br

Há um grande número de portadores do vírus HIV e de hepatite que não se trata. Gratuito e sigiloso, fazer o teste de HIV e hepatite é mais rápido do que ler um livro.

FAÇA O TESTE. NÃO FIQUE NA DÚVIDA!

ESTA OBRA FOI IMPRESSA PELA
GRÁFICA KUNST EM JANEIRO DE 2019